講談社文庫

神在月のこども

四戸俊成　芹沢政信

JN051482

講談社

目次

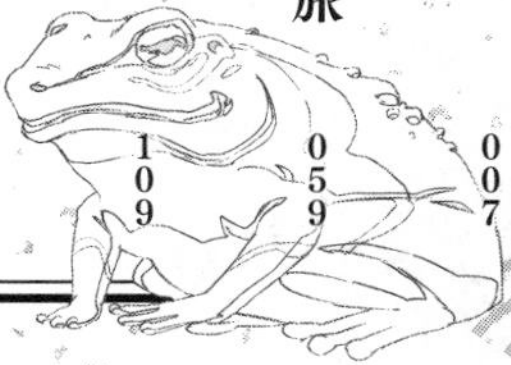

神《かみ》在《あり》月《づき》のこども

Child of
Kamiari Month

四戸俊成
芹沢政信

第一章 ◆ 神域への使い

1　春の記憶、秋のくもり空

わたし、走るのが好き。
春の匂《にお》いを胸いっぱいに吸いこんで。
息を吐《は》くときは歌うように。
地面を蹴《け》って全速力で駆けぬけると、草花もいっしょに弾んでくれて。
木漏《こ》れ陽《び》がきらきらと輝いて。
緑の中を走るって、最高に気持ちいい。
でも――次の瞬間、わたしの体は宙に浮いた。
木の根っこに足をとられた。そう思ったときにはもう遅くって。
ずしゃっ！　と転がる。
その音に驚いて野兎《のうさぎ》たちが逃げていく。
ぶわっと嫌な汗が吹きだして、遅れて痛みまでやってくる。
「カンナ」
ふっと優しい声。心配そうに見つめる瞳《ひとみ》。

「……お母さん」

優しくて大きな手が、擦り傷だらけになった膝を包んでくれる。

口から弱音がこぼれてきそうだったから、わたしはおおきく息を吐いて、痛みが引いてくるまで我慢する。

「もう、やめにする？」

「大丈夫っ！」

「あー、ごめんごめん。じゃあ走れるかなー？」

お母さんが手を差しだしてくる。

いつも巻いているブレスレットが、きらりと光る。

わたしは自分の力で立ちあがって、お尻《しり》の泥をはたいてみせた。

諦《あきら》めるのなんて、絶対にいや。

「本当に負けず嫌いね。まったく、誰に似たのかしら……」

「えへへ」

つい顔がにやけちゃう。

褒められるのは、いやじゃない。

「じゃあ行くよー、よーい」

た。

「あ！　カンナ、ずるいぞ！」

先にスタートして、一気に逃げるっ！

と思いきや、すぐさま足音が迫ってきて、あっという間に置き去りにされてしまった。

「鬼さんこちら！　手のなるほうへー！」

お母さんは手を打ち鳴らして、歌うように煽《あお》ってくる。

追いかける。息を吸って、吐いて、地面を蹴って。

やっぱり全然、追いつかない。

でもそのうちに、わたしは楽しくなってきて。

「待ってってばあー！」

つい、笑っちゃう。

お母さんもこっちを振り返って、いっしょになって笑ってくれる。

だからまた息を吸って、吐いて――。

なのに、離れていく。

必死になって走っても。

「――どん！」

お母さんの背中は、どんどん遠くなる。

「あ、あれ？」

「おいで、カンナ」

「待ってよ！　お母さんっ！」

こんなに走っているのに、これだけ叫んでいるのに。

追いつけない。

お母さんが消えていっちゃう。

坂道の先に。暮れていく空の向こうに。

お願い、お願いだから。

わたしを置いて、いかないで。

◇

コツ、コツ、コツ。

いったい誰なの、うるさいな。

——カンナ。

あ、呼ばれた。起きなきゃ。

「はい！」

勢いよく立ちあがると、先生がきょとんとした顔で見つめてくる。

しーんと静まりかえる教室。みんなの視線が痛い。

「カ・ン・ナ・ヅ・キ」

先生がもう一度、声に出す。

今は国語の授業みたいで、黒板にはチョークで『神無月《かんなづき》』の文字。

しまった。名前を呼ばれたわけじゃなかった。

先生がわざとらしいほどゆっくりと、わたしの席まで近づいてくる。

「授業がそんなに眠たいのか？」

「うーん、ちょっとだけ？」

みんなからどっと笑い声。でも先生にとっては逆効果。

これ、本気で怒っている顔っぽい。

「嘘《うそ》です、嘘です！」

慌ててそう言うと、先生は呆《あき》れた様子で去っていく。

はあ、助かった。

それにしてもまた、昔の夢を見ちゃったな。

お母さんに会えるのは嬉《うれ》しいけど、眠りから覚めたあとはどうしようもなく切ない。一年前からわたしの世界はずっと、秋のくもり空みたいになっている。

「つたく。じゃあ戻るぞ。これは昔の月の呼び名だな」

先生は黒板を指して、授業を続ける。

ええと今、どのへんかな。わたしが手こずっていると、

「五十五ページ」

隣の席から、ミキが耳打ち。

さすがは心の友、いつも頼りになる。

「えー、九月は長月。十月は神無月」

「カンナヅキ？　うちの田舎《いなか》じゃ違ったような」

今度はクラスの男子が口を挟む。先生は話の腰を折られても怒った様子はなくて、

「あー、島根《しまね》県の、出雲《いずも》地方では違うらしいな。確か、カミアリヅキだったかな」

なんだか聞きなれない響き。

カミアリヅキ……。口の中でなぞってみる。

先生は黒板のほうを向いて、『神無月』の隣に『神在月《かみありづき》』と書き添える。

「言い伝えによると、この月、日本各地におられるヤオヨロズの神々が姿を消し、出雲に集ってカミハカリという縁結びの会議を行うと云《い》われている」

先生はテレビのナレーションみたいな調子で語りだして、黒板に『八百万《やおよろず》の神々』だとか『神議《かみはか》り』だとか書きはじめる。

それからちょっとした冗談を言うみたいに、

「今風に言うならサミットだな」

「変なのー」

と、誰ともなく喋《しゃべ》りだす教室。「また脱線」と、隣のミキがナイスツッコミ。

「その神議りが行われるのが旧暦の十月……新暦では十一月の今ごろ、日本の多くの場所では神様がいなくなる、だから『神無月』。一方で出雲には神様が集まるわけだから、神が在る。つまり出雲地方では、同じ旧暦の十月でも『神無月』じゃなくて『神在月』と呼ぶと。まあ、こういうわけだな」

授業を聞き流しながら、机に転がっていた鉛筆を爪《つめ》でじりじりと傷つける。ふくらはぎあたりがむずがゆくなってきて、上履きのつま先で乱暴にさする。

ざわざわとした感じ。

心の中のくもり空が、自分の足もとまで広がっていくような気分だった。

◇

パンッ！

ピストルの音が響く。

「コラー！　そんなんじゃ明日のマラソン大会、最後まで走りきれんぞ！」

体育教師の怒鳴《どな》り声。でも生徒からは、

「今さら練習してもなあ」

「明日、中止にならないかな？」「あ、でも台風来てるらしいぜ」

「こんな時期に？　じゃあ雨乞《あまご》いしよ」

男子って本当に馬鹿《ばか》ばっかり。

わたしたち女子は待機列に並んで、アニメとかドラマの話で盛りあがっている。

「よーし、次は女子！」

どくんと、心臓が高鳴る。ミキに続いてスタートラインに立つ。

途端に息をするのが苦しくなって。

小刻みに、手が震えだす。無理やり握って、抑えこもうとする。

「位置について、よーい」

かけ声が耳元に迫ってくる。

心臓がばくばくと鼓動して、手と足が動かなくなってくる。

お母さん――脳裏に一瞬だけ、あの姿が浮かぶ。

「す、すみません！」

「なんだ？」

「えっと、ちょっと、足がつっちゃって……」

先生のいぶかしげな顔に苦笑いを返しつつ、バレませんようにと祈りながら足を引きずって保健室へと向かう。

ミキの心配そうな視線が、わたしの背中に突き刺さってきた。

◇

下校のチャイムが響く中。

校庭の脇《わき》にあるうさぎ小屋で、いつもの餌《えさ》をそっと置く。

「またごまかしちゃったよ、シロちゃん」

もちろんなにも、応《こた》えてくれない。

ひどい脱走グセに困らされて、居場所がわかるようにとつけた鈴。

それをたまにチリンと鳴らして、わたしの動きを追いかけるだけ。

「お前はいいねえ。悩みがなくて」

膝に乗せると、ふかふかした毛の奥にぬくもりを感じて、心地いい。

だからちょっぴり癒《いや》されて。だけどちょっぴり寂《さび》しくなって。

「わたし。やっぱり、もう走るの――」

最後まで言葉にするのが怖くなって、寸前でぐっと飲みこむ。

なんだか気力まで抜けてきて、飼育小屋のフェンスにもたれかかる。西陽を受けて地に落ちる自分の影が、ざわっと揺らいでにじんでいくように見えた。

「カンナー！」

はっと振り返ると、ミキが校庭から手を振っている。

ぱたぱたと近づいてきて、

「あれ、足は？」

と、じっと見つめてくる。

わたしは慌てて手でさすってみせたりして、

「ちょ、ちょっとまだ、違和感あるかなあ」

しょうがないなあ、って感じでミキが笑う。

やっぱり仮病は、バレていたみたい。

◇

ミキといっしょに下校しながら、おなじみの神社に寄り道する。

鳥居の向こうにはちょうど東京スカイツリーがのぞいていて、古いものと新しいものが並んで建っているのがちぐはぐな感じ。

境内《けいだい》の石段に腰かけてお喋りしていると、

「ねえカンナ。明日のマラソン大会、無理に参加しなくたっていいんじゃない？」

いきなり核心をつかれて、内心ちょっとひやりとする。

わたしは膝をぱんぱんと叩《たた》きながら、

「足なら平気だってば」

「そうじゃなくって……」

さらに深く踏みこまれてしまう。こういうとき、心の友って厄介だ。

「まだ一年しか経《た》ってないんだし、先生たちもきっとさ」

ミキはそう言ってから、言葉に詰まる。

気遣《きづか》ってくれているのがわかるから、わたしも余計につらくなる。

「なんかさあ、お父さんが見にくるって無駄に張りきっているんだよねー。だから出るしかないかなあって！」

「……でも」

「あとさ、うちの男子みんなやる気ないじゃん。せめてわたしたちは頑張らないとでしょ？」

するると、ようやく納得してくれたみたい。ミキは安心したようにほほえんで、

「そっか。じゃあ、カンナの好きなおぜんざい食べて帰ろっか」

「いーねー！」

でもそのとき、ミキのポケットから着信音。液晶の画面を見て、困ったような顔。

「今日は、早く帰ってこいだって。……ごめんね」

「全然。実はわたしも、やることあったし」

わたしは笑顔を崩さないように、ミキに手を振って別れる。曲がり角の手前で小走りになって、彼女の姿が見えなくなったところで、肩を落とした。

「さて、と……」

重い心と体を押しだすように、わたしはゆっくりと歩きはじめる。

◇

夕暮れどきの商店街をとおって、ひとり夕食の買いものに向かう。

平気な顔して道端《みちばた》にゴミを捨てる中高生。帰宅ラッシュがはじまって、駅からあふれてくる人の波。無表情な顔の群れがするりするりと、お互いを避《よ》けるように歩いている。

わたしもその中のひとり。

足もとから伸びる影だけが、夕陽の中でひらりひらりと踊っている。

「――あっ！」

ぼんやりと歩いていたら、サラリーマンとぶつかってしまう。

「ご、ごめんなさ……」

謝ったのに、相手はスマホをいじりながら、こっちも見ずに去っていく。

無性に恥ずかしくなってきて、心細くなってきて。わたしはふっと目を背ける。

道端に、小さなお地蔵さんがあった。

誰からも忘れられたみたいに、埃《ほこり》をかぶっている。

そんな寂しげな姿を見つめていたら、余計に心がざわざわとしてくる。

人も町も無表情で、大嫌いだ。

◇

商店街を抜けてスーパーに立ち寄る。なるべく安いお肉やお野菜を選んで会計すると、両手にさげたレジ袋がいつもよりずっしりと重く感じた。

家まで帰る道すがら、公園を横切る。

見れば同い年くらいの子たちが、楽しそうにはしゃいでいる。わたしは公園のほうをなるべく見ないようにして、やがてマンションのエントランスをくぐる。

ぐんぐんと上昇していくエレベーターの個室。

ガラスの向こうに広がる街の景色をぼんやりと眺《なが》めていると、一階から同乗していた親娘《おやこ》の会話が耳に届いてくる。

「ママ、今日のご飯は」

「なににしよっか。カレーとか？」

「えー！　またカレーなの。もう飽きたよー」

わたしは外に視線を戻して、沈んでいく夕陽を眺める。ゆっくりと、色あせていく景色。そうしているとエレベーターが停止して、振りかえると親娘が降りていく。去り際、女の子が手を振ってくる。わたしは慌てて笑顔を作って、

「ばいばーい」

と返すけど、扉がぴしゃりと閉じてしまう。エレベーターの上昇にあわせて広がっていく東京の空も、どんよりとした夜の色に染まっていこうとしていた。

◇

ただいま、なんて言わなくてもいい。家には誰もいないから。

うす暗い室内は静まり返っていて、照明のスイッチをつける気にもならない。

いつものこと。もうとっくに慣れたもの。

食卓にどさっとレジ袋をおろして、そのまますぐに和室へ。

仏間に飛びこむようにして、わたしはおおきな座布団に顔をうずめる。

ただいま……。

そっと呟《つぶや》く。仏壇の写真、元気だったころのお母さんを見あげる。

もちろん返事はなくて、壁かけ時計の音だけがカチカチと響いている。

これだっていつものこと。もうとっくに慣れたもの……。

染《し》みついたお線香の匂い。毎日焚《た》いているから、この空間まで煤《すす》けて見える。

ずっしりと重たい体をなんとか起こして、座布団に座りなおした。

うす暗い仏間で、わたしはいろんなものに囲まれている。

マラソン大会で表彰台に登る、自分の姿を写した記念写真。誇らしげなトロフィーの数々。額に入れて飾られた、くしゃくしゃになった表彰状。

壁かけ時計の音がカチカチと響く。考えたくない。思いだしたくない。

わたしは必死になって、あのときの記憶を追い払おうとする。

表彰状から視線をそらすと、今度はカレンダーが目に入ってくる。明日の日づけのところに『マラソン大会！』と父の文字。でっかい花丸。

おかげで余計に気分が重くなる。わたしはうつむいて、はあとため息。

すると仏壇に、赤い紐《ひも》の飾りがついたブレスレットが置いてあることに気づいた。

これ、お母さんがいつも大切そうに身につけていたっけ。

手にとってなでると、ほのかに温かく感じた。

なにげなく、勾玉《まがたま》のような飾りに触れる。

途端に、意識がふっと遠のいた。

急に手足が動かなくなって、ぼんやりと考えることしかできなくなる。

煤けて見えていた仏間が色づきはじめ、たちまち青紫色の靄《もや》がかかっていく。

畳の床から背中の向こうへと、ざわざわとしたあの感じが広がって。

ゆっくりと立ちあがろうとする、なにか。

怖い。でも――。

「ただいまー」

気の抜けたお父さんの声。玄関で靴を脱ぐ、がさがさという音。

部屋の照明がぱっとつくと、暗い靄はどこかへ消えていた。

なに今の。

いつのまにか居眠りしていて、夢でも見ていたのかな。

だけど、お母さんのブレスレットは握ったままで――お父さんの足音がまっすぐ和室に向かってきたから、わたしは慌ててポケットの中にそれを入れる。

「どうした？　電気もつけずに」

「お、お帰り。わたしも今帰ってきたとこ」

「そっか」

わたしは起きあがって、部屋の片づけをはじめる。

カンナ。

呼ばれて振り返ると、お父さんは嬉しそうな顔でスニーカーの箱を見せてきた。

「え？」

「明日だろ。マラソン大会」

「……ありがとう。でもいいのに、そんな」

戸惑いながら受けとって、お父さんの前で箱を開けてみる。

傷ひとつない、ピカピカの新品。でも、紐をゆるめて足を入れると——きっつい。

すぐに脱いで、スニーカーのベロの裏を見る。

「どうした？」

「これ、小四のときのサイズ。わたし今、二十三だよ」

「あ、あれ……。そっか、ははは」

お父さんは頭をかきながら、ごまかすように苦笑いする。

いつまでも小さいままだと思っているのかな。

「失敗したなあー。二十三ね、二十三っと……まあ、取り換えてもらってくるよ。あ、でも間にあわないかな」

「大丈夫だよ。いつもの履くから」

わたしはそう言って、無理やり笑顔を作ってみせる。

これだって、いつものこと。

わたしはブレスレットをポケットに隠したまま、台所へ行こうとする。

でも、

「カンナ。明日さ、本当に走れそう？」

お父さんが、心配そうに聞いてくる。

わたしだってわかっているのに、だから今は考えたくなんてないのに。

「大、丈夫。ていうか、早くご飯作らないと！」

忙《せわ》しなくそう言って、わたしはテキパキと支度《したく》に入る。ちらりと振り返ると、お父さんは寂しそうな顔で、お母さんの写真を見つめていた。

2　マラソン大会と、不思議な出会い

ひやりと冷たい風が肌をさす。校庭の真上にはうす暗いくもり空が広がっていて、流れていく雲の速さに、季節外れの台風が近づいてきているのを感じる。

教室の窓際では逆《さか》さづりにされたてるてる坊主《ぼうず》が風に揺れていて、飼育小屋のフェンスもガシャガシャと音を立てている。中にいるうさぎたちもきっと、荒れそうな天気をそわそわと警戒しているに違いない。

昨日の体育の時間に騒いでいた男子たちは、大会の決行が気にいらないみたいで、

「お前の雨乞い、ほとんど効果なかったじゃねえか」

なんて、また言い合いをはじめている。

今にも雨が降りそうな気配なのに、トラックの周りは大勢の人たちであふれている。仲良さげにはしゃぐ家族、井戸端《いどばた》会議をはじめる母親たち、こどもを撮ろうとカメラの位置を必死に取りあう父親たち。騒がしくも楽しそうな姿が、観覧席にひしめいている。

一方のわたしはといえば、今日の天気と同じくらい憂鬱《ゆううつ》だった。

本当になんでこんな日に、マラソン大会なんてやる必要があるのだろう。

自分で縫いつけた体操服のゼッケンを見つめつつ、スタート地点で力なく準備体操をはじめる。

そこにミキがやってきた。

「調子はどう？」

「……うーん、悪くない、かな」

「そう。なら、よかったあ」

すると今度は、ミキのお母さんもやってくる。

「こんにちは、カンナちゃん」

わたしが「こ、こんにちは」と返すと、うちのお父さんが横から出ばってきて、

「あ、ミキちゃんのお母さん！　いつも娘がお世話になっておりまして」

「いえいえ。こちらこそ」

張りきっているお父さんの姿を見ていると、無性に気恥ずかしくなってくる。

お母さんの代わりなんて、やろうとしなくたっていいのに。

「開始時刻となりましたー。出場する生徒はスタートラインに集まってくださいー」

放送が響くと、わたしはミキを連れて、逃げるようにしてその場をあとにする。

◇

スタートラインに立った途端、手が小刻みに震えてくる。

両手を握ってとめようとするけど、高鳴る心臓のほうはどうしようもない。

お母さん――わたしはポケットに忍ばせておいたブレスレットに触れる。

そっと取りだして、お守りのように握りしめる。

大丈夫、大丈夫……。必死にそう、言いきかせながら。

「位置について、よーい」

スターターの先生はそう叫ぶと、ピストルをくもり空に向けた。

よし、いける。たぶん、絶対、いけるはず。

わたしは腰を低くして、すうっと息を吸いこむ。

次の瞬間、――パンッ！

と、乾いた音が響く。

はっと我に返って、ほかのランナーたちに一歩遅れてスタートする。声援を送るお父さんの姿が観覧席に見えたけど、わたしは気づかないふりをして駆けぬける。

校庭から飛びだして、川沿いの外周へ。

いつもなら心地よい公園の池。でも今日は天気のせいか、やけにくすんで見える。

先頭の集団が駆けこむと、野鳥の群れが一斉に羽ばたいていく。

そのうしろにミキ。わたしは必死に地面を蹴って、彼女の真横に食らいつく。

ミキの吐く息が、小気味よくリズムを刻む。

その音に耳をそばだてながら、息を合わせていく。ばくばくしていた心臓の鼓動がゆるやかになって、ちょうどいいペースがつかめてくる。

そうそう、この調子。わたし、走れている。

空がいっそう暗くなってきた。ぽつ、ぽつ、と雨粒が頬《ほお》に当たる。

川沿いのマラソンコースに入ると、沿道から観戦にやってきた人たちがはげましたり、檄《げき》を飛ばしたり、大勢の声が飛びかう。

わたしは抜きつ抜かれつをくりかえし、やっとの思いで折り返し地点の橋にさしかかる。歓声の中、先頭の集団に迫り、快調に飛ばすミキの姿が見えた。

負け、たく……ない……っ！

わたしは懸命に腕を振る。息を吸って、吐いて。前へ前へと足を出す。

でも、体がついてこない。

おさまりかけていた心臓の鼓動も激しくなってきて、周囲の音が遠ざかっていく。

体が重い。脇腹が痛い。

苦しい、なんで。昔は跳ねるように走れたのに。

今は足を前に出すだけで、精一杯だなんて。

悔《くや》しくて。情けなくて。泣きそうになりながら、くちびるを噛《か》んで前に出る。

雨が一段と強くなる。

何度も足をとめそうになりながらも外周コースを走りきり、わたしは小学校の校庭になだれこむ。視線の先、数百メートル先にゴールラインが見えた。

その手前に先頭の集団がさしかかると、歓声が湧《わ》きあがる。

喉《のど》が渇く。手足がしびれてくる。

耳もとではうるさいくらいの、脈の音。

でも……あと、もうすこし！

わたしは最後の力をふりしぼって、ラストスパートをかけようとする。汗で視界がにじんでいく中、ゴールテープをにらみつける。

と、そのとき——お父さんの声が響いた。

「カンナー！　頑張れーっ！」

反射的に顔を向ける。観覧席で叫ぶお父さん。

その隣には、痛々しいほど細くなった手が揺れていた。

こっちを見て応援している、お母さんの姿。

——え？

うるんだ瞳をしばたたくと、あったはずの姿が消えている。

お父さんの隣に、お母さんなんて、いない。

途端にぎゅっと胸がしめつけられる。

呼吸がうまくできなくなって、どんなに息を吸っても、体に空気が入ってこない。

「あ……」

わたしの真横を、後続のランナーが追い抜いていく。

けど、もう一歩も進めない。

足がかくんと折れて、そのまま地べたにしゃがみこむ。

お父さんが駆けよってくる。慌てた様子で、心配そうな顔で。

「どうした、大丈夫か？　無理……しなくていいんだぞ」

「別に……して、ないから」

周りの目を気にもせず取り乱すお父さんに、最小限の言葉を返す。

今は喋るのだって、大変なのに。

「順位よりもゴールすることが大事だって」

そっと背中に手が触れる。

「ほら、お母さんだってそう言っていただろ？」

でも、その言葉を聞いた途端、どうしても我慢できなくなった。

なんで、なんで今――。

「簡単に言わないでよ」

「え？」

「お母さんも言ってたとか……わかったようなこと言わないでって、言ってんの！」

ありったけの力をこめて、手を振りはらう。

お父さんは驚いて、言葉を無くしたまま、困惑したような表情を浮かべている。

心の奥からあふれてしまった言葉に、自分でも驚いていて。

なにもかも嫌になったわたしは、その場から逃げるように駆けだした。

◇

雨の勢いがどんどん増してくる。

わたしはずぶぬれのまま通学路を走って、昨日ミキと立ち寄った神社に駆けこんだ。

「はあ……はあ……。なんでわたし……だけが……」

心細かった。身体《からだ》の芯《しん》まで冷えて、震えをどうしても止められない。

どしゃぶりになった雨空をあおいで、お母さんの顔を思い浮かべようとする。

「——あっ！」

そこでなにかにつまずいて、バランスを崩す。

つんのめりながら足もとを見ると、敷石《しきいし》の段差につま先が引っかかっていた。

ゆっくりと傾いていく視界の中で、ブレスレットが宙を舞う。

お母さんの形見は音もなく地面を転がって、どしゃぶりの雨の中に放りだされた。

あっという間にびしょびしょになって、紐が赤黒い色に染まっていく。

濡《ぬ》れた地面によつんばいになったまま、ツーと水の粒が頬をつたう。

わたしは地べたをはうようにして近づき、ブレスレットを拾いあげる。

体操服の袖《そで》で、泥まみれになった表面をぬぐう。

「お母さん……。なんで、なんで……」

雨雲を見あげる。

あの空の向こうに、お母さんが召《め》されていったのなら、

「会いたいよ……」

ブレスレットを手首にとおして、離れないように、祈るように、強く結ぶ。

するとふいにずわっ！　と、身体の中に熱いものが流れてくるような感覚がして。

次の瞬間――。

「え？」

辺りを包んでいた雨音が、ぴたりと止まった。

やんだわけじゃない。

本当に、一時停止したみたいに。

雨粒が宙に浮いたまま、動かなくなったのだ。

ありえない光景に、呆然《ぼうぜん》としてしまう。

神社の境内は写真のように固まったまま、不気味なほどに静まりかえっている。

まるで世界の中でただひとり、自分だけが取り残されてしまったみたいだ。

わたしは立ちあがり、外の様子を眺めた。

街を行きかう人々も、あくびをしている猫も、カーブを曲がりかけ、レーサーみたいに体を傾けているデリバリーピザの配達員さんも――。

雨粒だけじゃない。

街のすべてが、時が止まったみたいに、同じポーズのまま、固まっている。

……いったいなにが起こったの？

わけがわからなくて、思わず後ずさる。

そしたら後ろにいた誰かに、ゴツンとぶつかった。

「あ、ごめんなさ――ひいっ！」

振りかえると、でっかい岩。じゃない。巨大な黒い、牛？

息を呑《の》んだまま見あげたら、顔に歌舞伎《かぶき》の役者さんみたいな赤い紋様がある。どう考えたって、この世のものじゃない。

「か、怪物っ⁉」

驚いた拍子《ひょうし》に、すっ転んでしまう。

立ちあがる間もなく、でっかい牛の怪物が近づいてくる。

わたしを見おろしながら、だらりとよだれを垂らしている。

「いやああっ！」

反射的に、目をつむる。

ずざっと、覆《おお》いかぶさるような物音が響いて、びくっと震える。

でも――しばらく経っても、なにも起きなかった。

おそるおそる、まぶたを開く。

牛の怪物とわたし。

その間に割って入ってきた、もうひとりの背中。

……ええ、どういうこと？

「つかの間、お預け賜《たまわ》りたく」

澄んだ声が響く。

フードをかぶっていてわからないけど、声の感じと背格好からして、少年のよう。

すらりとした背筋をかがめると、音もなく膝をついて、相手を敬《うやま》うように頭をさげる。牛の怪物も襲ってきたりすることなく、のそのそと境内の奥へと消えていった。

わたしの頭は真っ白のまま。

もしかしてこの人が、助けてくれたの……？

「あ、ありが、とう」

からからに乾いた声でお礼を言う。

すると、かがんでいた背が跳ねるように振りかえる。

フードの奥からのぞくのは——強い眼《め》をした、凛《りん》とした少年の顔立ち。

鋭いまなざしが、わたしの手首のあたりに注がれている。

「その神具、弥生《やよい》のものか」

「……！　お母さんのこと、知っているの？」

不思議に思ってじっと見つめる。でも、相手は黙ったまま。

「ねえ、あなたはいったい誰なの」

「お前が知る必要はない。ニンゲンよ、その神具を外せ」

「え、しんぐ？」

耳慣れない単語。

意味をたずねるように聞き返すと、ついに焦《じ》れたような顔をして、

「ブレスレットを外せ！」

「やめ……っ！」

ものすごい速さで距離を詰められて、わたしは咄嗟《とっさ》に伸びてきた手を払おうとする。じたばたと激しくもつれあって、彼がかぶっていたフードがめくれてしまう。

額に、ツノ。その姿はまるで――。

「お、鬼……？」

「いいから、寄こせ！」

それこそ鬼のような形相で、相手は再びつかみかかろうとする。

でもそこで――チリンと、聞き覚えのある鈴の音が響く。

ひゅっとなにかが横ぎって。

男の子はぐらりとのけぞって、倒れそうになる。

「ぐっ……！」

嘘、あれって。

「シロ……ちゃん？」

飼育小屋からまた脱走して？　でもなんで、こんなところに。

そんな疑問を口にする暇さえなく、目の前ではさらに信じられないことが起こる。

「去れ、鬼め！」

「ええっ!?　喋った!?」

びっくりして声をあげると、今度はこちらを振り返って、

「そのブレスレットを外すな！」

と、叫ぶ。

わたしが啞然《あぜん》とする中、鬼のほうは動揺した様子もなく、

「チッ、もう来やがったか。神具など奪わずとも……韋駄天《いだてん》のお役目はオレがもらう！」

「させない。この子は、弥生の娘だ」

今度はシロちゃんから、お母さんの名前。いったいどういうことなのか。

鬼とうさぎがにらみあう中、ひゅっと冷たい風が吹いてくる。

どうしよう。今にもお互いに、飛びかかりそうな雰囲気。

「代替わりなど、いるものか」

先に口を割ったのは鬼のほう。

押し殺すようにそう呟くと、わたしのことをじろりとにらみつけてくる。

だけど、急にふっとため息を吐き、

「否、どうせすぐにボロが出る。今日のところは出直そう……」

彼は身をひるがえして、獣のように木の枝に飛びのった。

そしてそのまま、風のように去っていってしまった。

◇

辺りに静寂が戻ってくると、安堵《あんど》がどっと押し寄せてきた。

けど、わたしの頭は今もまだ混乱したままで。

「シロちゃん……だよね？」

耳をぴんと立てて警戒していたうさぎが、わたしのほうへくるりと振り返る。

その姿はいつもみたいに可愛《かわい》くて、だから余計に戸惑ってしまう。

「なんでお母さんのこと、知っているの」

「それはボクが神様の使いで、キミのお母さんが先代の韋駄天神だったからさ」

「いだてんしん……って、なに」

「早駆け——まあ、かけっこの神様ってところかな」

確かに走るのはすごく速かったし、うちのお母さんって——。

「か、神様っ!?」

「正確にはその末裔《まつえい》だけどね。で、さっきのやつは韋駄天と敵対する鬼の末裔」

喋るうさぎ。鬼の子。さっきの、牛の怪物。

そのうえ、お母さんが神様だなんて。

わたしのほうは全然、頭の中が整理できていないのに、

「大丈夫！　ああいう輩《やから》からキミを守り、お役目を果たせるよう、つかわされたのがボクだから。なにせ急なことだったから、学校のうさぎの身体を借りてやってきたんだよ」

「どういうこと……？」

「韋駄天の神具であるその腕輪に手を通した後継者——つまりキミが現れたから、飛んできたってわけ」

うーん。やっぱり理解が追いつかない。

「お母さんがかけっこの神様だなんて、急に言われても」

「ボクも代替わりで遣わされた新人だから、先代の弥生についてはそんなに詳しくないんだけど……まあ次が見つかってよかった。てことでお役目を果たしにいこうか」

「えっ!? 待って待って、お役目ってなに!」

「韋駄天には、神々が召しあがる馳走《ちそう》を運ぶお役目があって。それを今夜、出雲で行われるお祭りにお届けする。だから、急がなくっちゃ」

「出雲……って島根だっけ。それを、今夜ぁっ!? どうやって行くのよ!」

「キミがつけているブレスレット、その神具があれば大丈夫だよ。ほら、周りをよく見てごらん」

言われて顔の向きを変えたところで、宙に浮いていた雨粒が頬に触れた。

水滴のようなそれは止まっているようでいて、かすかにふるふると——。

「動いている!? ものすごく、ゆっくりだけど……」

「韋駄天の末裔がその神具をつけると、時の流れがゆるやかになるんだよ」

「はあ」

わたしは驚くことさえ忘れて、間の抜けた相づちを返してしまう。

一方のシロちゃんは得意げな調子で、すらすらと説明を続ける。

「キミが今つけている神具には、時空がねじれるほど速く駆ける、韋駄天の特別な力が宿っているんだ」

わたしはあらためて、周囲の景色に目を向ける。

街を行きかう人々、あくびをしていた猫。

カーブを曲がりかけていた、デリバリーピザのバイク。

あらゆるものがポーズを取ったまま、マネキンのように固まっている。

「普通の人間には、ボクらを風ほどにも感じない」

「すごい……」

思わずそう呟いて、神具をじっと見つめてしまう。

シロちゃんのほうも誇らしげな表情を浮かべたまま、

「今夜といっても、それは人間の時間での話。見てのとおり、韋駄天の時空では刻《とき》がものすごくゆーっくりと動く」

「じゃあ、もしかして」

「たとえば五日くらい経っても、人間の世界では一時間くらいしか経ってない」

「そんなに!?」

「だから今すぐ向かえば、間にあうって算段さ」

なるほど。それなら確かに、なんとかなりそうかも。

「で、バスを使うの？　それとも新幹線？」

「いいや。——走るんだよ、その足で！」

膝をとんとつつかれる。

なにそれ、どういうこと。まさか本気で、

「走る？　出雲まで？」

「スローになった新幹線に乗ってどうするつもり」

いくらなんでも、むちゃくちゃすぎる。

シロちゃんは追いすがるように、

「今夜のお祭りに間にあわせて、明日から神議りが行われないと、来年のご縁が」

「カミハカリ……って確か」

先生が国語の授業で話していた気がする。

なんだっけ、サミットがどうとか。

「早く行かないと間にあわなくなるの。だからほら」

「いやいや無茶でしょ、出雲なんて遠いんだから。それに、もう走るのは――」

手首につけたブレスレットを、そっと触れる。

ためらっているようなわたしを見ると、シロちゃんは急に語気を強めて、

「お母さんがどんな思いで走っていたか、知りたくないの？」

「え」

「キミのお母さんが出雲へ向かった道をたどって、そこで目にした景色や出会ったものに、同じように触れていけば」

わたしは息を呑み、次の言葉を待つ。

シロちゃんは慎重に言葉を選ぶように、もったいをつけてから、

「お母さんのところにだって、たどりつけるかもしれない」

その言葉を聞いて、わたしの心は一気に跳ねあがった。

神様がもし、本当にいるのなら、

「そっか、神様が集まるお祭りだもんね！　ならきっと、お母さんだって――」

「神々の国である出雲には、この世とあの世を繋《つな》ぐ場所があるって言い伝えも――」

ブツブツと説明を続けるシロちゃんを、いつもみたいに抱きあげる。

「嘘じゃないよね、今の話」

「んん？」

「お母さんに会えるんだよね。もう一度、もう一度、お母さんに会えるんだよね!?」

念を押すように問いかける。

するとシロちゃんはわずかに間を置いてから、

「ご縁が……あれば」

その言葉を聞いた瞬間、嬉しいって気持ちがとめられなくなって、空を見あげる。

天に召されたお母さんは、きっと神様になっている。

だから出雲のお祭りにだって、招待されているはずなのだ。

わたしはシロちゃんを腕に抱《かか》えて、足をおおきく前に一歩、踏みだした。

「行くよ、わたし！　お母さんに会いに行く！」

3　牛嶋《うしじま》神社へ

先のことを考えたら、旅の準備くらいはしておいたほうがいい。

わたしはいったん家に寄って、着替えやペットボトルをリュックに詰める。

「あらためて説明すると韋駄天はね、各地に実る秋の恵み――つまり『馳走』を集めて、出雲に集まる神様のところへ運ぶ使命があるんだ」

「ちそう、って」

「まあ食べものってことだね」

「ていうか走るだけじゃなくて、集めなくちゃいけないの？」

「そう。実りを求めて各地を馳《は》せて回る、韋駄天の大切なお役目さ」

シロちゃんはそこで目を細め、背筋をぴんと伸ばす。

それからさらに難しい話を続けた。

「旧暦の十月、つまり神在月に出雲では、日本中の神様が一堂に集まって縁結びの会議、神議りが行われる。でもその間に災《わざわ》いが起こらないよう、留守を守る神様もいる。それが留守神様。……読んで字のごとく、って感じの名前だよね」

ふんふんとうなずきながら着替えをすませ、リュックに昼食の菓子パンを押しこんで準備を終える。

神様が召しあがる馳走ってどんな感じなんだろ。やっぱりおせち料理とかおぜんざいとか、お正月とかお祝いごとのときに食べるような料理なのかな。

「ボクらはそういった神様やその使いのところをめぐって各地の馳走をいただき、出雲に集まった神様に届ける。だからそのお迎えをする今夜のお祭りまでに、必ず間にあわせないといけない」

「今夜のお祭りにって、何時ごろに着けばいいの」

「はじまるのが夜の七時だから、それまでには」

「え、そんなに早いの？　……あれ、でも、まだお昼か」

リビングの壁かけ時計をまじまじと見つめると、秒針の進みもやっぱりスロー。

頭ではわかっているつもりでも、感覚のほうはまったくついていけてない。

そんなわたしを見てシロちゃんは、長い両耳を時計の針みたいにぐるぐると回す。

「慣れるまでは、ボクがしっかり時刻の流れを警告させていただきます」

「警告って……マラソン大会のタイムキーパーみたいだね」

「ちなみに今は午刻。子《ね》丑寅《うしとら》と数えた先の、午《うま》の刻《こく》ってこと。『午』と書いて『うま』と読む時刻で、現代でいうところの正午ごろ」

「なるほど。だから正午を挟んで、午前と午後ね。神様の使いっぽい！」

「左様で。それでは出雲へご案内させていただきます」

ホンモノの神様に向けるような感じで、シロちゃんがうやうやしく頭をさげる。

わたしもつい調子に乗って、

「よ、宜《よろ》しく、たの、もうー」

もっともらしく返そうとしたけど、なんだかぎこちなくなってしまった。

その様子を見てシロちゃんがぷっと吹きだした。

わたしもおかしくなってきて、いっしょになってお腹《なか》を抱えて笑いだした。

◇

しっかりとリュックを背負って、思いを新たにエントランスの自動ドアをくぐる。

周囲を見まわすとスローな雨粒が宙に浮かび、振りかえると蹴りあげた水しぶきすら弧を描いたまま空中に漂っている。時空のねじれた、不思議な空間。

いつまで経っても慣れてこないし、怖いって気持ちだって、心の中にはまだ残っている。だけどわたしは、静まりかえった世界に、意を決して踏みだす。

シロちゃんを追いかけて、交差点を勢いよく曲がる。でも、

うわっ！　人がいたっ——と、ぶつかりかけて一瞬だけ焦る。

ただ、曲がり角にいたひとも止まっているみたいにスローだったから、すんでのところで衝突をまぬがれた。

おそるおそる、ぶつかりそうになった相手を見る。
え、もしかして。
「……お父さん！」
はっと息を呑む。
なんでこんなに、ずぶ濡れになってるんだろう。
不思議に思ったあと、自分のせいだって気づいてしまう。
現実の時間だと、マラソン大会のときからほんのわずかしか経っていないんだ。
あのとき、逃げだしたから――。
「探してくれてたんだ。わたしのこと……」
胸がぎゅっとしめつけられる。どうしてあんなこと、言っちゃったのかな。
お父さんだって、お母さんがいなくなって。
悲しくなんて、つらくなんて、ないはずがないのに。
ごめんなさい。素直に、そう言えたらよかった。
けど――。
「何しているの。早く行こうよ」
シロちゃんが急《せ》かしてくる。

そうだ、早く行かなくちゃ。こんなふうに立ちどまっても、意味がない。

わたしが今やらなくちゃいけないのは、先に進むこと。

それでもやっぱり、放ってはおけなくて。

リュックからタオルを出して、止まったままのお父さんの肩をそっとぬぐう。

「行ってきます。お母さんに……会ってくる」

聞こえるはずがないのにそう告げてから、自分の気持ちを奮いたたせるように笑顔を作ってみせる。

心残りを振り払うようにお父さんから背を向けて、わたしはその場をあとにした。

◇

時間が止まってしまったような街の中で、人の波を避けるように小走りで進む。

お互いが避けあう普段の感じと違って、いまいち距離感がつかめない。

動いていないエスカレーターを、歩いてあがっていくような。

すべてがスローになっている景色は違和感ばかりで、いちいち気になってしまう。

バイクがとおったあとの水しぶき。それを傘でガードしようとしているスーツ姿のお姉さん。ほかにもほかにも、なにかにすれ違うたびに好奇心がくすぐられる。

でもそうこうしていると、どんどん置いていかれちゃうから、

「ねえ、シロちゃん」

と、呼びとめる。

「うん?」

「そもそも『馳走』って、どうやって集めるの」

ずっと気になっていた素朴な疑問を投げかけると、

「あ、そうだったね。ちょうどいいから、さっきの神社に寄っていこう」

「ええ……。またあの怪物に会っちゃうかもよ……?」

「怪物だなんて失礼な! カ・ミ・サ・マ!」

シロちゃんはそう言って、わたしに向かってしかめっ面を作る。

待って。今のってどういう意味。

まさかあのでっかい牛の怪物も、神様ってこと?

◇

さっきの神社にまたやってきて、びくびくしながら境内をのぞく。

鳥居の手前でシロちゃんが立ちどまり、ぺこりとちいさくお辞儀をする。

わたしも敷居《しきい》をまたぎかけていた足をそっと戻して、同じように一礼しておく。

普段は気にしたことなかったけど、あらためて見あげてみると立派な鳥居だ。

真ん中の額に、書道の先生が書いたような字で『牛嶋神社』と記されている。

「かしこみ、かしこみー！」

静まりかえった境内に向けて、シロちゃんがおおきく声を張りあげる。

アニメでしか聞いたことのないような、不思議な響き。

やがてそれを聞きつけたように、のそりのそりと、巨大な——牛、神？

やっぱり怪物にしか、見えないけど……。

「出雲へ馳走をお届けする、お支度に参りました」

牛の神様を前にして身構えるわたしをよそに、シロちゃんはこなれた様子でお迎えする。

すると相手はうなずくように首をもたげて、不思議な響きで喉を鳴らす。

ちょ、ちょ、ちょ、近寄ってこないで。まだ心の準備が……。

怯《おび》えるわたしに構わず、おおきな口からぬえっとなにかが吐きだされる。

ひいっ！

反射的に避けたくなるけど、どうにか思い直してキャッチする。

手のうちには、光り輝く、宝石のようなもの。

「これが、馳走……？」

「違うよ。これは牛玉といって、馳走を集める前のお守りみたいなもの。厄除《やくよ》けの神様だからね」

滴《したた》りおちるよだれに背筋をぞわっとさせながら、わたしは受けとった牛玉を眺める。なにもわざわざ、口の中から出さなくたっていいのに。

「ていうかここって、厄除けの神様だったんだ」

「そう。この国にはたくさんの、ご利益をお持ちの神様がいるからね。天気の神様、芸能の神様、中には厠《かわや》――つまりトイレの神様だっているんだよ」

シロちゃんがまた得意そうな顔で、神様の使いっぽい話をする。

その言葉にへえと感心しながら、

「毎日通っていたのに、そんなこと全然、考えたことなかったな」

わたしがそう呟くと、神牛様はまた首をもたげてシロちゃんに耳打ち。

シロちゃんもなぜかこっちに視線を向けながら、

「はあはあ、左様で。ふふふ」

「え、なに」

「カンナのこと、小さいころからずっと見ていたって。ここでひとりで泣いていたのも、ご存じみたい」

「……覚えてないよ。そんなこと」

そう呟いて顔をうつむかせたあと、あらためて神牛様のほうへ向き直る。

わたしのことを、ずっと、見ていてくれたなんて。

「あの」

神牛様がまた、こっちに首をもたげてくる。

どうしたの、とか、そんな感じの顔。

まだ、怖いけど――。

「今まで気づかなくて、ごめんなさい」

神牛様はわたしの頬を舐《な》めてくる。そのあと、穏《おだ》やかで、優しい鳴き声。

なんだかくすぐったくて。だけど全然、嫌じゃなくって。

「走るのに疲れたときは、歩けばいい、だって」

シロちゃんが通訳してくれて、わたしは思わず嬉しくなった。

それから、やっぱりせっかちな道案内さんは先に行こうとするのだけど、

「ねえねえ、シロちゃん。これって」

よだれまみれの牛玉を掲げてみせる。

どうしたらいいの。

「あ、そうそう。もうひとつ」

わたしの疑問には答えずに、シロちゃんは神牛様に一礼してから神社の本殿にあがる。再び戻ってくると、お供えされていた一抱えほどのひょうたんを口に咥《くわ》えていた。

また新しいものを持ってこられても。

呆れて文句を言おうとしたところで、手首につけていた神具が淡く光りはじめる。

次の瞬間——光と共鳴するように、牛玉がひょうたんの中に吸いこまれていった。

「うわ、すごい！　魔法みたい！」

「というよりはご利益だね。今吸いこまれていった牛玉で底を守れば、ひょうたんはめったなことじゃ壊れない。でも気をつけて、そのひょうたんを狙《ねら》う輩もいるから」

「狙うって、あのときの——」

わたしの脳裏にふっと、あの鬼の子の姿がよぎる。

額にツノが生《は》えた、強い眼の、凛とした顔。

「奴《やつ》は夜叉《やしゃ》。大昔に色々とあって、先祖代々、韋駄天に恨みを持っている一族なんだ」

「う、恨みって……」

いきなり物騒《ぶっそう》すぎる話。

詳しいところを聞きたいけど、知らないままでいたほうが気は楽かもしれない。

シロちゃんは忌々《いまいま》しげに顔をしかめながら、

「とにかく絶対に取られないよう、肌身離さず持ち歩くこと。まあボクも目を光らせておくから大丈夫だと思うけど」

なんて、険《けわ》しい声で言ってくる。

わたしは緊張のあまり、ごくりとつばを呑みこむ。

「では、参りますか」

「はい、かしこんで……！」

ともあれ態度だけは威勢よく。もっともらしい感じでシロちゃんに返す。

わたしは一礼したあと、本殿と牛の神様に背を向けた。

第二章 ◆ 馳走をめぐる旅

1　東京・愛宕《あたご》神社、蛇窪《へびくぼ》神社〜埼玉《さいたま》・鴻《こう》神社

ぴょこぴょこと揺れるシロちゃんの長い耳を追いかけて、街の中を進んでいく。

休日になるといつも遊びにいく駅前のショッピングモールを素通りして、銅像みたいにぴたりと静止している人の波を避けながら——より多くの人たちが行きかう都心部へ。

そうして気がつくと、わたしは見るからに高級そうなお店が建ち並ぶ一角を歩いていた。

周りの人の服装もどこかお洒落《しゃれ》で、ミキのお母さんみたいにきらきらしている。

「ここが、銀座かあ」

「オトナの街って感じだね」

わたしからしてみれば、まず買いものに行かないようなところだ。

せっかくだからと華やかな景色をくまなく見てまわろうとしていると、

「もう！　いくらスローになっているって言っても、そんなに道草ばっかくってたら日が暮れちゃうよ！」

「ごめんごめん。こんなふうに街の景色をゆっくり眺められるなんて夢みたいで」

「確かに。……夢みたい」

シロちゃんもジェラートやチョコレートのお店に目をやって、物欲しそうに眺めはじめる。わたしのことをこども扱いしたくせに、自分だって変わらないじゃん。

でも、最初はちょっと怖かったけど、このスローな世界にも慣れてきたし、

「この旅、意外と楽しいかも」

わたしがぽつりとそう呟くと、シロちゃんはぶんぶんと首を振って、

「だめだめ、そんなに甘くないから！　油断していると痛いめを見るよ」

「え？」

「言ったでしょ、いろんな神様がいるって」

◇

「こちらで次の馳走をいただくから、覚悟してね」

「はいはい、いただきにあがりましょうね」

わたしは言い返してから、シロちゃんの背中に追いついてみせる。でも、そのあと

でふうと息を吐いて顔をあげると、目の前に恐ろしいほど長い石段が延びていた。

見ればその先に、神社らしきものがある。

まさか、こんなところを登るわけ？

空まで続いてそうな傾斜を前に、わたしが呆然としていると、

「ここは出世の石段とも言われていてね。なんとか登りきって馳走をいただくことで、出雲まで駆ける自信にしてもらえたらと思ったんだ。代替わりしたばかりのカンナにはぴったりでしょ？」

「ふうん、第一関門ってわけね」

神の使いとか言いながら、シロちゃんってけっこう上から目線なところがあるんだけど、逆にそれがわたしの、負けずぎらいな心を刺激する。

――絶対、見返してやる。

マラソンのスタートラインに立つような気持ちで、石段の真下に歩みでる。近づいてみると立派な門構えで、シロちゃんの言うとおり『出世の石段』と書かれた看板があった。

それじゃあさっそく、よーいどん！

心の中でスタートの合図を出すと、わたしは猛ダッシュで駆けあがろうとする。

このくらいの石段なんて、一息で登りきってやる。

なんて思ったのもつかの間、予想していた以上の急勾配《こうばい》に、ふとももを引きあげるのがきつくなってきて、次第に歩くような速度に変わってしまう。

「大丈夫？」

背後から声がしたので振りかえってみると、シロちゃんがぴょんぴょんと跳ねながら追いついてくる。優雅にステップを踏むその姿から、本気で心配して声をかけてきたわけじゃないのがよくわかった。

この展開を最初から見越していたのは間違いない。だったら、

「大、丈、夫っ！」

力強く言い返してやるつもりだったのに、思っていた以上に息があがってとぎれとぎれになってしまう。シロちゃんはわざとらしく遠い目をして、

「この石段はね、東京の二十三区の中で、天然の山としては一番高い愛宕山のうえにおわす、愛宕神社に繋がっているんだよ。すごいでしょ」

さも見てきたかのように言うけど、シロちゃんだって代替わりしたばかりなんだから、はじめて来たところだよね？

そう思いながら視線の先に顔を向けると、東京タワーが天高くそびえたっていた。

さすがにあそこを登るよりはマシだけども、大変なことには変わりない。

わたしのふとももはぷるぷると小刻みに震えていて、もういっぺん駆けあがれと言われても無理そうだ。だからあえて会話に乗っかるように歩調をゆるめて、

「愛宕神社にはどんな神様がいるの」

「こちらにおわすのは、火之迦具土《ひのかぐつち》様」

「ヒノカグツチ……さま？」

響きからしてなんだか怖そうな感じ。

なんてことを考えていたら、ごおおっ！　と、間近でドライヤーを向けられたかのような熱風が吹いてくる。ふいを突かれたわたしは石段を踏み外しかけて、あわやというところで手すりの代わりに張られたロープをつかむ。

わけもわからず石段の先に目をやると、青白く燃え盛る炎がちらちらと見える。

げ、嫌な予感しかしない……。

すると案の定、青白い炎は石段をくだって燃え広がり、あっという間にわたしの足もとまで迫ってきた。

避ける間もなく膝から肩、肩から髪へと燃え移ってきて――。

「ぎゃああっ！　熱っっ！　熱いっいいっ！　……くない？」

「これ神火だから、熱くないって」

必死に炎を振り払おうとしている横で、シロちゃんが冷静に呟く。

確かに、あらためて触ってみると熱を感じなかった。

「今のはカンナを迎えてくれただけだから。あんまり大騒ぎされると連れてきたボクまで恥ずかしくなってきちゃうでしょ」

シロちゃんにシラけた視線を向けられて、むっとしてしまう。

普通はびっくりするでしょ。神火がどうたらなんて知らないんだから。

なんて文句を言いたいところなのだけど、神様の前で騒ぐなと告げられた手前そうもいかず、わたしはすごすごと石段を登りきる。そうしたら、

「カンナがなかなか石段をあがってこないから、こちらの使いがご馳走を持っていくように言われたみたい」

「え、気を使わせちゃった……？」

わたしがおどおどしながら前に出ると、炎の中から可愛らしい猫が現れた。すらっとしていて黒い毛並みで、見るからに普通の動物ではなさそうな佇《たたず》まい。

ひとまず牛の神様のところでやったように一礼すると、猫の姿を借りた神様の使いはツンとすました顔のまま、鬼灯《ほおずき》を差しだしてくる。わたしがひょうたんを掲げる

と、馳走はごくりと呑みこまれるように中へと仕舞われた。

思っていた以上にドタバタしてしまったけど……まあ最初だし、こんなもんでしょ。そう思ってシロちゃんのほうに顔を向けると、やれやれといった感じで、

「いきなり出世ってのも、無理があったかもね」

フォローしているのか馬鹿にしているのか。

先が思いやられるなあというのは、わたしとしても同じなんだけど。

◇

出世の石段をおりるとすぐさま、次の神社を目指す。

高層ビルの建ち並ぶオフィス街をさまよい続け、そろそろ休憩したいという言葉が喉もとまで出かかった矢先、シロちゃんがくるりと振り返ってこう言った。

「もうすぐ目的地に着くよ。次こそはちゃんと気合いを入れてね」

「最初からちゃんとやっていますけど？　ていうか今どのあたりなの、何県に来たの」

「東京に決まっているでしょ。キミらが品川って呼んでいるあたりだよ」

「まだそんなところなの!?　東京って実は、けっこう広かったりする？」

わたしが問いかけても、シロちゃんは冷ややかな視線を返すだけ。

続けてあからさまにため息を吐いて、

「この先でご馳走をくださる神様とお会いするから、本当に頼むね」

なんて念を押したあと、ぷいと背を向けてしまう。

そんなに冷たくしないでも……感じ悪いなあ。

シロちゃんの態度に不満を抱きつつも、これ以上呆れられないよう気合いを入れてあとを追う。商店や民家が建ち並ぶ一角からわずかにそれると、ほどなくして青銅のような色をした鳥居と出くわした。その足もとに掲げられたのぼりを見ると、

「蛇窪詣《もうで》って、書いてあるけど」

「そうだよ。ここは蛇窪大明神がまつられる由緒ある神社なんだ」

字面になんとなく嫌な予感を抱いていたら、シロちゃんは当然のように、

「昔、この地には清水が湧きでる洗い場があってね。そこに白蛇様が住んでいたのさ」

やっぱり蛇なんだ……。

もうその時点でかなり拒否反応があって、長々としたシロちゃんの解説が耳に入っ

てこない。ちっちゃい蛙《かえる》くらいなら大丈夫なんだけど、さすがに蛇はきつい。

「じゃ、行こうか」

「ちょっ……まだ心の準備ができてないかも」

「そんなこと言ってないで。さあさあ、さあ！」

わたしが全力で嫌がっているのに、シロちゃんはぐいぐい背中を押してくる。

「ボクはただの使いだから、ここはやっぱり末裔であるキミが行かないと！」

「今までずっと、先に行っていたくせに！」

なんだって急に、先頭を押しつけようとするのか。

そう思ってよく見たら、シロちゃんにいたっては嫌がっているどころか、歯をガチガチ鳴らして震えているような有様《ありさま》だった。

いつだかテレビで、うさぎを丸呑みにする蛇の映像を見たことがあったような。

あの壮絶な光景を思いだすと、クラスの飼育委員としてはシロちゃんを守らないといけないような気もしてきて、

「わかった。わかったから、押さないで！」

お笑い芸人さんがやるような押し問答をしながら、わたしたちは本殿に近づいていく。やがて奥のほうにある鳥居から、水の流れる音とはまた別の――。

『シャアアアアアアアアッ！』

「うひぃっ！」

テレビで見たまんまの鳴き声。うねうねと動く白い蛇。

ただし、めちゃくちゃでかい。

うさぎどころか人間だって丸呑みにできそう。

さすがに身の危険を感じたわたしは慌てて逃げだそうとするのだけど、すぐさま白い身体が伸びてきて、手足の自由が奪われてしまう。

目の前に巨大な蛇の頭。

ちろちろと真っ赤な舌を出していて、今にも飛びかかってきそうな雰囲気。

これって……。

テレビで見た丸呑みの瞬間が脳裏をよぎって。

わたしはそのまま、意識を失った。

◇

顔に水をかけられて、はっと意識を取り戻す。

周囲を見まわすとすでに白い蛇の姿はなく、シロちゃんだけが短い前足を腕組みするようなポーズでわたしを見おろしていた。

「白蛇様が、ボクらをお住まいまで運んでくれたんだ」

「あ、さっき言っていた清水の洗い場」

「そう。清水のご馳走もいただいたから、気を失っている場合じゃないんだよね」

シロちゃんはすましたた顔のまま、責めるようにじりじりと詰めよってくる。けど、

「シロちゃんだってびくびく震えていたよね？」

「お話してみたら優しい御方で……ってごめんごめん。そんなににらまないでよ！」

このうさぎ、マイペースにもほどがあるでしょ。

ほどなくして気分が落ち着いてきたところで、わたしはひとこと、

「ここのご馳走ってお水だったんだ」

「今のキミたちからしたら、蛇口をひねればいつでも出てくるって感覚なんだろうけどね。昔はもっと手に入れるのが大変だったし、清らかな水ってのはなにより貴重なものだったんだ。だから今でも神様に捧《ささ》げるものとして扱われているってワケ」

「へえー……」

シロちゃんの解説を聞きながら、社会の授業で習った水資源の話を思いだして、

「もしかしたら未来でも、お水に困る日が来るかもしれないいんだよね」

「だから粗末《そまつ》に扱わないように。なくなったら困るのはみんないっしょなんだから」

わたしをうまく諭《さと》せて満足したのか、シロちゃんは鳥居に向かってぴょんと飛ぶ。

その背中を追いかけようとすると、肩に吊《つ》るしたひょうたんからちゃぷんと水の音が響いた。

お水だって、空気だって、緑だって貴重なもの。

当たり前のことだけど。こんなふうに、きちんと考えたことはなかったかもしれない。

◇

愛宕神社、蛇窪神社と立て続けにめぐったあとは、しばらく道なりに走り続けることになった。

韋駄天として走っていたときは、お母さんも文句を言ったのかな。

それとも、けっこう楽しんでいたりとか？

どっちもありそうだし、出雲で会ったら聞いてみよう。先のまったく見えない旅だけど――そんなふうに考えていれば、いくらか気持ちも楽になってくる。

「シロちゃん。もうかなり走った気がするんだけど」

「そういえば、しばらく前に県境を越えているね」

「えっ？　それって」

国道みたいな道をひたすら駆けていたけど、いつのまにやら、

「旧街道をずっと北上してきて、今は現代で言うところの、埼玉県」

「わっ、やっぱり。わたし実は東京を出たのがはじめてかも」

休みたいと言いだすのも忘れて、そんなことを話す。

でもシロちゃんは、わたしのはしゃぐ姿を見て、

「いやいや。出雲まで走るんだから、このくらいで喜ばないでよ」

「ええー……。ちょっとくらい、いいでしょ」

「あと、もうすぐ次の社《やしろ》だから。ご馳走を授かる準備をしてね」

それってつまり、休憩なしってこと？

げんなりしながら走っていると、やがて見晴らしのいい道の先に、神社が建っていることに気づく。黄色に変わりつつある秋の木々に守られているような雰囲気で、

「なんだか、明るい感じのところだね」

「そうそう。カンナもこの福々しさがわかるんだなあ」

わたしのコメントに、シロちゃんもやけに上機嫌。

この様子なら、今までの神様ほど緊張することはなさそうだ。いきなり火がごおっ！　とか、蛇がぐばあっ！　とかばっかりだと身が持たないし。

「ここは子宝を授かるご利益のある、コウノトリ様が祀《まつ》られている鴻神社なんだよ」

「コウノトリってあの、赤ちゃんを運んでくる絵の？」

「それそれ！　知っているなら話が早いね！」

なんだかシロちゃんとも息が合ってきて、スキップでもしたい気分で境内に進む。

ところが敷居をまたいだ直後、どこからかバサバサッ！　という音が響いてきて、唐突に足が宙に浮いた。

「……なにこれ、どうなってんの！」

これって、もしかして。

今の状況をなんとなく察した直後——またもやバサバサバサッ！　という羽音が響いてきて、わたしは必死に手足をばたつかせる。

「ちょっ！　助けてシロちゃん！」

「待っててカンナ、よおし！」

はるか下のほうで、シロちゃんの声がする。

続けてダン！　と地を蹴るような音が響いて、

「ぎゃあっ！　靴のつま先を噛まないでよ！」

「へもほうひないと、はらわれしゃうへしょ！」

シロちゃんが足に食らいついたまま言いわけをする中、空へ舞いあがりそうになっていたわたしの身体はがばっと急降下していく。

そして――どしん！　盛大に尻もちをついた。地面にしこたまぶつけたところを「痛たたた」とさすっていると、頭上からはらりと巨大な鳥が舞いおりてくる。

事前に察していたとおり、

「こ、こちらが神の使いのコウノトリ様」

地べたにぺたりと転がったまま、シロちゃんが紹介する。

続けて、

「カンナが小さいこどもに見えて、思わずお運びしかけたのかも」

「失礼な。そりゃ小柄《こがら》かもしれないけど、クラスでも真ん中くらいの身長なのに」

毎度毎度のあんまりな扱いに、不満をこぼしてしまう。

それともこれって、馳走を集める前の試練みたいなものなのかなあ。

一方のシロちゃんは気を取り直したように、

「出雲へお届けする、ご馳走を授かりにまいりました」

地面に落ちた拍子についた泥を払ったあとで、あらためて神の使いらしく、うやうやしい姿勢を見せる。するとコウノトリ様は致し方ないと言わんばかりの態度で、大きな翼のついた背中から卵を差しだした。

でもそのあと、寂しそうにじっと見つめる。

ああ、そっか。大事な卵を手放すのがつらいんだ。

八百万というだけあって、この島国にはいろんな神様がいて——それぞれが抱えている思いもいっしょに、集めていかなくちゃいけないのかもしれない。

「大切に、お届けさせていただきます」

わたしは深々と頭をさげて、ひょうたんの中に仕舞う。

馳走が受けとられたことを確認すると、コウノトリ様は静かに飛び去った。

「子を思う気持ちは、神様だっていっしょなんだね」

シロちゃんの言葉を聞きながら、空を舞う姿が見えなくなるまでおじぎする。

わたしが旅の道中で思いを馳せているのと同じくらい、お母さんもずっとわたしのことを思っていてくれていたのだろうか。あの、コウノトリ様のように。

2　神流川《かんな》　古戦場跡

「カンナー。本当に大丈夫」

「だ、だい……じょぅ」

心配そうにこっちを見るシロちゃんにそう返すけど、息が切れて最後のほうはほとんど空気みたいな声になってしまう。

今は東京からだいぶ離れて、埼玉のはずれまで進んでいる。

神具やシロちゃんのおかげといっても、わたしがこんな遠くまで走ってきたと話したら、ミキやお父さんなんてびっくりするに違いない。

見わたすかぎりに広がる田んぼや畑——雑草が生えてがたがたになった道路に足を取られながら走っていると、おばけみたいにでっかい鉄塔がぽつぽつと建っていたりして、都会じゃまず見られないような景色がものすごく新鮮に映った。

まだ小さかったころのわたしは、緑に囲まれたところを走るのが大好きだった。

今だっておおきく息を吸って吐いて、辺りに漂う草木の香りをたっぷりと味わいたいところなのだけど、さすがにへとへとで、そんな余裕はまったくない。

ぜえぜえと息を切らしながら、ほとんど気力だけで地面を蹴っていると、

「嘘だ。やっぱり全然、大丈夫じゃないでしょ」

シロちゃんが呆れたように言ってくる。

なにか言い返そうと思うのだけど、呼吸も苦しすぎて最初の言葉さえ出てこない。

おまけに今の指摘で気力がぜんぶ奪われて、わたしはついに立ちどまってしまう。

「ねえ、ホントに出雲まで行ける？　まだ十分も経ってないんだけど」

「それは……普通の時間での、話でしょ！」

「韋駄天って、もっと凄《すご》いと思った」

「わたし、まだ小六なんですけど？」

「言われてみれば、そっか。じゃあ今後の成長に期待して、橋のしたでいったん休もうか」

シロちゃんが指さすほうに目を向けると、ゆるやかに流れる川と、橋があった。

わたしは休憩のお許しが出たことに喜んで、河川敷《かせんじき》のほうに向かう。

橋のたもとに着いたところで看板が目に入ってきて、

「神流川だって。わたしといっしょの名前」

「神無月生まれの、カンナでしょ？」

と、シロちゃんが面白がるように言う。

自分でもけっこう気にしていることだったから、

「生まれ月だからって名前にするのもなんかねぇ、お母さんの名前だって弥生だし。古風っていうか、今どきじゃないんだよね」

「伝統的という点では、どっちも評価できるけど」

「そりゃ神様の世界ではそうでも、人間の世界では古くさいというか……」

わたしは言いながら、愚痴《ぐち》を吐く相手を間違えたと後悔する。

歩いていたら体もすこし楽になってきたけど、ちょっとやそっとの休憩ではまた走れそうにない。シロちゃんも「これから先も長いしね」と納得してくれたので、わたしは橋げたをくぐっておりたあたりで、リュックから毛布を出して横になる。

けど、橋のしたまで差しこんでくる陽《ひ》ざしが目に入ってきて、

「あーもう、明るくて寝れないし」

「しょーがないよ。お日様ですらスローなんだから」

ずっと走りっぱなしで疲れていたから、シロちゃんにまた文句を言ってやろうかと思っていたのだけど――わたしはいつのまにか夢さえ見ないほどぐっすりと、眠って

いた。

◇

誰かにくすぐられたような気がして、まぶたを開く。

シロちゃんが鼻先でつんつんと、わたしの頬を突《つ》いていた。

橋のしたから空を見あげると、相変わらずの静止した世界。雲は流れることもなくその場にとどまっていて、同じかたちのまま空に張りついたように浮かんでいる。

「シロちゃん、おはよー」

「寝すぎだよ！　早く行かないと間に合わないよお！」

こっちは起きたばかりだってのに、シロちゃんはさっそく急かしてくる。

お日様だって、まだ全然真上にあるじゃん。

なんて思いながら、うーんと伸びをしていると、

「あれ、思っていたより疲れてない？」

「それも神具の影響かなあ」

わたしはまじまじと、手にはめたブレスレットを見つめる。まるでお母さんが力を

貸してくれているような気がして、よしやるぞ！　っていう力も湧いてきた。

するとシロちゃんがはっとしたような顔でこっちを見て、

「ひょうたんは？」

「毛布の中にあるはずだけど」

不安になって確認してみると、寝る前と同じく毛布にくるまったまま。

なんだ、脅かさないでよ。心配性なんだから。

と思った、次の瞬間——河川敷のほうから黒い影がひゅっと飛びだしてきて、突風のように駆け抜けていく。巻き起こった砂埃に思わず目をつぶったあと、

「えっ？　ひょうたんが、ないっ！」

「あいつだ！」

シロちゃんが対岸を指さす。

見れば橋げたの向こう側で、ひょうたんを片手に持った人の姿。いや、あれは。

額にツノを生やした鬼の少年——夜叉。

わたしたちは慌てて駆けだす。寝起きのところを狙うなんて、卑怯《ひきょう》でしょ。

「待てこらー！　鬼の分際で、なにをするー！」

「それは大事なものなの！　お願いだから返して！」

「やなこった」

夜叉は鼻で笑ったあと、ひょうたんを抱えたまま舌を出してくる。

……鬼でも人間でも、男の子ってホントに意地悪なやつばっかり。

「だから言っただろ、すぐにボロが出るって。ニンゲンの分際で、しかもこども」

「あなただって大人じゃないし」

「お前といっしょにするな。どうしても返してほしけりゃ、早駆けでオレと勝負しろ」

早駆けって――。

わたしは隣のシロちゃんに顔を向ける。

「昨日の説明、覚えている？」

「あの、鬼の一族がずっと韋駄天を恨んでいて、勝負を挑むとかナントカ」

「そう、それ」

「我らの因縁《いんねん》を使いごときが語るな。正しくはこうだ」

夜叉がイライラした様子で口を挟んでくる。それから妙に芝居がかった調子で、

「オレの先祖は足疾鬼《そくしっき》という足の速い鬼神だ。早駆けであれば、神々ですら歯が立たぬほどの脚力をお持ちであった。しかし……お前の先祖、韋駄天のやつだけは違っ

た。オレの先祖が長年にわたり恋《こ》い焦《こ》がれ、ようやく手に入れた宝物を奪いとりにきやがったのだ」

「冗談はよせ。仏舎利を盗んだのは、足疾鬼のほうじゃないか」

「知った口を叩くな。韋駄天のせいでオレの先祖は追いはぎのように捕えられ、鬼の一族は神々の座を追われるはめになった。その恨みを晴らさずにおられるか」

夜叉とシロちゃんはそう言い合ったあと、この前の神社のときと同じようにバチバチと火花を散らしてにらみあう。

放っておくとまた、自分だけ置いてけぼりにされそうだったから、

「その、ブツナントカってなに？」

「仏舎利とはお釈迦様《しやかさま》の遺骨。オレの先祖が頂戴《ちようだい》したのは足の骨だ。愚かなニンゲンのこどもとて、それがどれほど尊く価値のあるものかわかるだろう」

「だからこそ、大切にまつられていたのに、黙って盗みだすなんてまさしく鬼の所業さ。カンナだって、お母さんの形見の品が盗まれたら取り返そうと考えるだろ」

シロちゃんにそう言われて、わたしは手首にはめたブレスレットを見つめる。

これがもし誰かに盗まれたら——なんて想像するだけで悲しくなるし、絶対に犯人を追いかけようとするはずだ。じゃあ結局、

「わたしのご先祖様、なにも悪いことしてないじゃん」

「そう、それなのにあいつの一族は代々韋駄天のことを逆恨《さかうら》みしていて、神としての座を奪おうと毎回勝負を挑んできている、というワケ」

なるほどね。

わかったところで、余計に迷惑な気分になるような理由だったけど。

呆れて夜叉を見ると、わたしたちがコソコソと話しているのが気に入らないのか、

「いいからさっさと勝負しろ！　スタートラインはここだぞ！」

なんて言い放つと、つま先で地面に線を引きはじめる。

シロちゃんはやれやれといった様子で、

「お前の相手をしているヒマはない。ボクたちは先を急いでいるんだ」

「そうだよ。わたし、そんなに速くもないし、走りたくも――」

「これ、返してほしくないのか？」

ひょうたんを揺らす夜叉の表情は、意地悪なクラスの男子にそっくりで。

どうしようかとシロちゃんに目をやるも、あきらかに眉間《みけん》にしわを寄せて困り顔。

……勝負なんてしたくもないけど、しかたない。

◇

一時停止した穏やかな空とは、真逆な空気の中。

わたしは早くしろと急かされて、スタートラインに立つ。

隣に並ぶ夜叉は目線の先をすっと指さし、

「ひとつ向こうの橋を触って、先にここまで戻ってきたほうが勝ちだ」

出雲まで走らなくちゃいけないんだから、今後のために体力だって温存しておきたいところなのに、夜叉はメラメラと瞳を燃やすようにこっちをにらみつけてくる。

急にライバル扱いされても困るんだけど。

状況に流されるままのわたしをよそに、シロちゃんのほうはなぜだか気分があがってきたみたいで「韋駄天の力を見せてやりなよ」だとか「約束は守ってもらうからね」とか無責任に勝負を煽ってきたあげく、頼んでもいないのにスターターの役割につく。

「ほら、カンナ。じゃあ位置について、ヨーイ」

直後——シロちゃんがダンッ！　と地面を踏んでスタートの合図を出した。

やばい、出遅れた!?

慌てて顔をあげると、夜叉はジェット機みたいな勢いでびゅんと駆け抜けていて、早くも豆粒みたいに小さくなっている。すごい、さすがは鬼。

「ちょっ……待って、こんなの、ニンゲンじゃ無理でしょ……！」

わたしはぜえぜえと息を切らせながら、川沿いのあぜ道を走る。

神社のときも、ひょうたんを奪われたときも、夜叉はケモノのように素早かったし、だから負けちゃうかも、という不安はあったのだけど——まさかここまで差をつけられるとは思ってもいなかった。

はるか先に視線を移すと夜叉はちょうど向かいの橋をタッチしたところで、しかもあっという間に折り返して、すれちがいざまにわたしの顔をチラリと見て鼻で笑う。

なに今の、すっごいむかつく！

けど、まるで勝負になっていなかったのは認めるしかない。

向かいの橋をタッチしてようやく戻ってきたときには、夜叉は待ちわびていたかのようにゴールのところにいて、

「ははは！　ついに、ついにやったぞ！　思い知ったか、韋駄天を騙《かた》るこどもめ！」

と、今にも地面にへたりこみそうなわたしに、ぐいと拳《こぶし》を突きあげてみせる。

ニンゲンと鬼じゃどうやったって勝ちめがないってのは理解できたし、だから負け

て悔しいっていうよりは、かけっこでサバンナの動物に負けたような場違いな気分。

納得がいかずにわたしが頬をふくらませる一方、シロちゃんはなぜか嬉しそうで、

「やったね、夜叉の勝ち！　これで一族の無念も晴れたかな？」

なんて調子のいいことを言う。

それから勝ち誇る夜叉にニヤニヤとした笑みを向けると、

「ということで気は済んだだろうし、ひょうたんはもういらないよね」

「は？　ちょっと待て、なんでそうなる」

「返してほしけりゃ勝負しろ……って話でいうとことは終えたし、そもそも勝ったら返すなんて条件はなかったと思うけど」

シロちゃんはそうまくしたてたあと、わたしのほうを見て「だよね？」と聞いてくる。そこでようやく狙いがわかってきたから、

「とにかくわたしね？　どうしても出雲に行かなくちゃいけないの」

「約束は果たしたんだからさ」

と、シロちゃんも悪ーい笑みを浮かべたまま、夜叉ににじり寄っていく。

鬼のわりに約束とか筋とか言われると響くほうなのか、案外あざといシロちゃんなら押し切れちゃいそう――と思ったものの、夜叉もやっぱりしぶとかった。

わたしの顔をじっと見つめたあと、眉《まゆ》をひそめてこう言った。

「どうも納得がいかない。弥生はもっと速かった」

はっと驚いて、神社で最初に会ったときの言葉を思いだす。

そうだ。次に会ったら聞こうと思っていたのに、突然の果たしあいになって忘れていた。

「やっぱり！　あなた、お母さんのことを知っているのね！」

「だったらどうだと言うのだ」

「韋駄天としてのお母さん、どんなふうだったか教えてよ」

「お前のようなまがいものではない。あいつは、まぎれもなく韋駄天だった」

夜叉はそう言ったあとで、すっと目を細める。

わたしはその表情を見て、なんだか戸惑ってしまう。

さっきのメラメラとしたような雰囲気じゃなくて、もっと優しくて――まるで懐《なつ》かしい思い出を語るときみたいな、切なげな瞳。

「今でもまぶたを閉じるだけで、あのときの姿をありありと思い浮かべることができる。あいつは……それはもう、このオレが惚《ほ》れ惚《ぼ》れとするほど、美しく走るのだ」

「そんなに、すごかったの？」

わたしがたずねても夜叉からの返事はなくて、まるで韋駄天だったころのお母さんの姿を独《ひと》り占《じ》めしようとするみたいに、うっとりとした表情のまま黙りつづける。

お母さんが褒められて嬉しい、って気持ちはある。

やっぱりすごかったんだ、っていう誇らしい気持ちもある。

だけど一番は、悔しいっていう気持ち。

本当にすごかったお母さんをわたしは知らなくて、なのに夜叉は知っていて、しかもそのときの姿と比べたら、今の自分はまるで話にならないなんて鼻で笑われて。

しばらく沈黙が続いたあと、夜叉はふと思いついたように、

「そうだ、使いのうさぎ。オレもいっしょに連れていけ」

「え？　もう目的は果たしたんでしょ？」

「やはり留守神たちの前で負かさないと意味がない。そう思い直した」

「……ちょっと待ちなさいよ。なにそれ」

「神々の前で正当に勝負して、完膚《かんぷ》なきまでに韋駄天のこどもを叩きのめす。そして、オレがお役目を取ってかわる。神の末席に返り咲いてこそ、はじめて一族の復興だ」

夜叉が天をあおいで、ふふふとほくそ笑む。

けど、わたしからしてみれば迷惑どころの話じゃない。韋駄天のお役目を奪われてしまったら、出雲でお母さんに会うという目的が果たせなくなる。

「だめ！　絶対だめに決まっているじゃん！　ほら、シロちゃんもなんか言ってよ」

「いや、案外それも悪くないかも？」

「はあ？　ちょっと、こら！　シロちゃん！」

信じきっていたところでいきなり裏切られたから、わたしはシロちゃんに文句を言おうとする。だけど相手は平然とした調子で、

「だってほら、お祭りに間に合わないほうが問題なんだから。神様がお認めになられるのであれば、韋駄天のお役目を果たすのが誰であろうと、ボクとしては――」

「うわ、サイテー……」

自分のほうからあれだけ熱心に誘っておいて、いざほかに有望そうな相手が現れたらくるくるっと手のひらを返すわけ？

わたしが責めるようにじろりと見つめていると、

「でも、これは本当の話。カンナだってひとりで走っているときより、夜叉と走っていたときのほうがずっと速かったよ。自分じゃ気づいていなかったみたいだけど」

「え、ほんとに？」

「マラソンも競走相手がいたほうがタイムは伸びるでしょ。だから案外、悪くないかも」

「じゃあ決まりだな。よろしく、いだて——いや、ニンゲン」

なんだかよくわからないうちに話がほいほいと進んで、夜叉も同行することが決まってしまう。別にまだ納得したわけじゃないのに。

ていうか結局シロちゃんにうまいこと言いくるめられてしまったのって、もしかしなくてもわたしのほうだったんじゃないの？

3　中山道《なかせんどう》　群馬《ぐんま》・榛名《はるな》神社～長野《ながの》

勝ち気、がさつ、意地悪。

額にツノを生やした少年は、まさに鬼って感じのいやーなやつだった。

お母さんのことを呼び捨てにするし、実際の年齢はずっと上なのだろうけど……わたしに対しての言動は、やっぱりクラスの男子とそんなに変わらない。

それでも一応は呼び捨てをやめて『夜叉くん』と呼ぶことにしたのだけど、

「なんだよ、じろじろ見るな」

「うわっ、感じ悪い」

「お友だちじゃないからな。勘違いするなよ、隙《すき》あらば蹴落としてやる」

と、ばっさり。

そのうえわたしが疲れて休もうとするたびに「弥生の娘だというから期待していたのに」だとか「遅い、遅すぎる。この程度でへばるようでは話にならん」だとか、いちいち煽ってくる。

さすがにそこまで言われると、こっちだって負けず嫌いの血が騒ぐ。

わたしはぐぬぬと歯を食いしばって、軽快な足音を立ててあぜ道を進んでいく背中に、食らいつこうとする。

するとで夜叉くんの隣で、ぴょんぴょんと跳ねるように駆けているシロちゃんが、

「夜叉を連れてきて正解だったね。競走相手がいたほうが踏んばれるでしょ？」

なんて笑うから、道端に落ちていたどんぐりを思わず投げつけてしまった。

けど、走るペースがあがってきたのは間違いなくて。先へ進むごとに傾斜が険しくなってきているのに、わたしたちは一度も休憩することなくどんどん先に進んでいく。

「ねえシロちゃん、ずいぶんと山の中に入ってきたね」

「そりゃそうだよ。ここらは群馬の奥のほうだから」

「えっ⁉　いつのまにか、すごく進んでない⁉」

「おいおい。自分がどこを走っているのかもわかってねえのかよ」

ここぞとばかりに夜叉くんが口を挟んでくる。いちいちストレスを感じる旅路だ。

そうこうしていると草木だけでなくごつごつとした岩肌が姿を現して、さらには赤や黄に色づいた景色が、ぽつぽつと目につくようになる。

相変わらずの一時停止したような世界だけど、山の奥深くでは都会よりも早く秋の足音が近づいてきていて――だから恵みを集めるというお役目の意味が、ここにきてようやく実感できるようにもなってきた。

わたしは走りながらおおきく息を吸い、湿った落ち葉の匂いが混じったこの時期だけしか味わえない山の空気を、たっぷりと体に取り入れる。

「そろそろ見えてくるよ。次の目的地」

シロちゃんが指した方向に、わたしは顔を向ける。

天高く伸びる木々に囲まれて、真っ黒な鳥居がどっしりと正面に構えていた。

「なんだかすごい門構え。今までの神社とはまた雰囲気が違うね」

「お前らが言うところの寺って感じだな」

「まさに夜叉の言うとおり。この榛名神社はかつて、お寺だったところなんだ。でも今は神社として祀られている。神様と仏様を分けたり混ぜたり、人間って不思議だね」

確かに、わたしの住んでいる街にも神社やお寺はたくさんあったけど、その違いについてあまり深く考えたことはなかった。

シロちゃんの解説に耳を傾けながら門をくぐり、長々と延びる参道へ向かう。やがてその道はトンネルに入って、岩壁はさらに険しさを増していった。

途中まで進んだところでシロちゃんがぴたりと足をとめ、岩に向かっておじぎする。

わたしたちもその場で、目を凝《こ》らしてみる。暗がりの中に、小さな祠《ほこら》があった。

「これ、なんて読むの？」

「塞神社《さえのかみしや》。人間たちの集落の入口で災いや悪霊が入ってこないように塞《ふさ》ぐご利益のある、塞の神様を祀っている社だよ。まあ、これも読んで字のごとくってやつだね」

「じゃあいっそのこと、旅の途中で引っついてきた災いを追っ払ってほしいかも」

「なんでこっちを見る。オレを悪霊のたぐいといっしょにするな」

「ふたりとも、神様の前でケンカはやめて」

お互いにやんわりとたしなめられたあと、いつものようにうやうやしくお迎えする。すると暗がりの岩壁に溶けこんでいて見えなかった、黒々とした熊《くま》がのっそりと近づいてくる。

シロちゃんが馳走についてたずねると、

「えーと、境内に生えている杉の木のてっぺんに置いてあるとは言われたものの、具体的にどの木だったかはいまいち覚えていないらしくて」

「つまり、どういうことだ」

「まさか……」

わたしと夜叉くんは、境内をぐるりと見まわす。

雲に突き刺さりそうなくらい高々と伸びあがった杉の木が、いたるところに生えている。

シロちゃんは前足で頭をかきながら、他人事《ひとごと》みたいにこう言った。

「しらみつぶしに登って、探さなくちゃいけないね」

◇

「――だったら先に見つけたほうが勝ちだな」

夜叉くんはそう言い残して、すいすいと先に登ってしまう。

猿みたいな対戦相手の姿を横目に、わたしはよいしょっと杉の幹にしがみつく。

シロちゃんの話によると、途中で転落しても塞の神様の力で助けてくれるらしい。

じゃあ安心と思った矢先に思いっきり足を滑《すべ》らせたものの、空中でふわりと体が浮いてなんなく着地できた。

身体能力では夜叉くんのほうが圧倒的に有利だし、かといってほかに勝てるものがあるわけでもない。だったらあとはもう、根性でなんとかするしかない。

わたしは鼻息を荒くしながら再挑戦。短い間とはいえここまで走りこんできた成果か、それとも手首にはめたブレスレットが力を貸してくれているのか、自分でも驚くほど軽々と杉の木のてっぺんまで登りつめることができた。

よし、これならいけるかも。

一本目の木にはなにもなかったから、塞の神様に助けてもらうつもりでそのまま飛び降りて着地、すぐさま次の幹にしがみつく。

するとこちらの様子をうかがっていた夜叉くんも降りるときにそのまま飛び降りて、時間をショートカットするようになった。

「ちょっと！　真似《まね》しないでよ！」

と叫ぶ。けど、いつものように鼻で笑われただけ。

わたしは何度も何度も登った。がむしゃらになって登った。

てっぺんに向かう途中で隣の木にいた夜叉くんに「そっちはもう調べたぞ」と言われて唖然としたり、杉の実を投げつけて邪魔をしたら「こどもはコレだから」と馬鹿にされたりしながら、ムキになって馳走を探し続ける。

そんなこんなでわたしたちは杉の木に登りながら、境内の奥へ奥へと進んでいく。

よくよく考えてみるとこれをひとりでやっていたらものすごく大変だったはずで、だからシロちゃんが言うように、夜叉くんを連れてきたのは正解だったのかもしれない。

でも、それはそれ。

この勝負はやっぱり負けたくない。

一度くらい負かしてやれば、夜叉くんだって悔しがりながら、わたしのことを認めてくれるかもしれないし。韋駄天だったころのお母さんが、そうしたみたいに。

そうして杉の木のてっぺんから周囲を見渡すと、すこし先にひときわ背の高いシルエットが見えた。ひとまず地面に降りてそちらに向かおうとすると、

「あれは榛名神社の御神木、矢立杉《やたてすぎ》。一番でっかいし馳走があるならあそこかなあ」

「……シロちゃん？　なんでそういうこと先に教えてくれないの？」

「キミにだけヒントあげると公平性に欠けると思って」

あーもう、なんでこんなときだけ律儀なわけ。ホントにマイペースなんだから。

わたしはシロちゃんに向けてふんと鼻を鳴らしたあと、一目散に矢立杉のほうへ向かう。

ちょうど夜叉くんが幹にしがみつこうとしているところで、

「この勝負、もらった！」

また、勝ち誇ったような笑み。

次の瞬間――わたしの心に火がついた。韋駄天とは認めないだとか、お母さんと比べたらたいしたことないだとか、これまでの道中でちくちく言われてきたことに対する怒りが、今になって一気に爆発したような感じだった。

気がついたときには、地面を跳ねるように駆けていた。

幹にしがみつくなんて真似はしない。

助走をつけた勢いのまま、高跳びの要領で木の枝に飛び乗る。そのまま登るというよりは蹴るようにして、矢立杉のてっぺんまで駆けあがっていく。

さすがの夜叉くんも、わたしに気圧《けお》されたみたいだった。

はっとしたような表情をしたあと、同じように木の枝を蹴って追いかけてくる。

どうせ落ちたとしても塞の神様が助けてくれるのだから、足を滑らせたらどうしようなんていちいち考えない。身体能力で負けて根性だけでは足りないのだとしたら、わたしが絞りだせるのは度胸だけ。てっぺんが見えてくるとぴかぴかに輝くこんにゃく芋があって、あれが馳走だと気づいて必死に手を伸ばす。

背後から夜叉くんが迫ってきている。吐息が聞こえてくるほどに近い。

けど——。

◇

木登りを終えたあとも、しばらく立ちあがれなかった。

境内から見あげる静止した空。

杉の葉で作られた緑のカーテンは、ぴくりとも揺れていない。

「あーあああっ！　負けたああ！　悔しいいいいーっ！」

わたしは寝転んだまま、じたばたと暴《あば》れる。脇に視線を向けると、やっぱり勝ち誇った笑みの夜叉くんが腕を組んで立っている。

「ははは！　ひやっとしなかったと言えば嘘になるが……最終的に勝ったのはオレ！　お前は自らの無力さを噛みしめ、せいぜい悔しがるといい！」

「むかつく、そうやってすぐ調子に乗るところがホントにむかつく！」

馳走は神具の力を引き継いだものがひょうたんに仕舞わないと運べないから、結局はわたしが回収したのだけど、先にたどりついたのは夜叉くんのほうだった。

もし誰でも集められるのならシロちゃんや夜叉くんがやったほうがよっぽど早いわけで、今のままだとわたしは、ただの足手まといのこどもってことになってしまう。

「でもまあ、カンナもよく頑張ったと思うよ。まだまだこれからこれから」

シロちゃんの慰めの言葉を聞きながら、回収した馳走をひょうたんに収める。

マラソン大会だって今回の木登りだって、ものすごく頑張ったって結局は勝てなかった。じゃあ努力する意味なんてあるのかな、なんて、つい考えてしまう。

もう起きあがるのさえ面倒くさくて、地べたに顔をつけてほてった頬を冷やしていると、

「いつまで休んでいるつもりだ。さっさと次に向かうぞ、カ、カンナ」

夜叉くんが柄にもなく手を差し伸べてきたので、嫌々ながら握り返して立ちあが

る。わたしが意気消沈したまま走りだそうとすると、シロちゃんが真横にやってきて、

「一応はあいつも、キミの気概を認めたってことなのかな」

「え？」

「気づいてなかったのかい。さっき、カンナって名前で呼んでいたじゃないか」

はっとして、夜叉くんのほうを見る。

勝負に勝ってご機嫌な背中が、あぜ道の先で軽やかに揺れている。

わたしは早く追い抜いてやろうと、地面をぐっと踏みしめた。

◇

その後も夜叉くんとは何度も張りあうはめになった。

留守神様から馳走を受けとるときはもちろん、走っている最中にどんぐりを投げつけあったり、休憩の途中で小川の水をかけあったり。

そういうときはシロちゃんも参加して、いっしょに夜叉くんを攻撃したり、逆に裏切られて攻撃されたり、わたしと夜叉くんで結託してシロちゃんに仕返しをしたりも

した。

　正直に言っちゃうとけっこう楽しかったし、相変わらず腹の立つ言動は多いけど、夜叉くんのことも前ほどいやーなやつだとは思わなくなった。

　仲のいい男子、悪ふざけできる友だち……うーん、そこまで認めてあげるにはまだ早いかも。でも、大体そんな関係。

　もちろん韋駄天のお役目を奪いあうライバルなのは変わってないし、油断はしないけど。

　それはさておき、

「ねえ、なんかもっと次々に展開があると思ったんだけど」

「仕方ないよ。神社が密集しているところのほうが珍しいんだから」

「図に乗るな。一度いい勝負に持ち込めたぐらいで」

「はいはい。あ、なんか石碑がある。ナカヤマミチだって」

「雑な受け答えはやめろ！　あとそれは中山道《なかせんどう》と読むんだ、馬鹿め」

　とまあこんな感じで、憎まれ口を叩きあいながら走っていたのだけど――勾配の激しい山道をのぼったりくだったりとくり返しているうちに、体の疲れがじわじわとまとわりついてきて、徐々に走るペースが落ちていった。

そのうちに『長野県』と書かれた看板が見えてきて、ついにここまで来たかあと思った矢先、シロちゃんがようやくわたしのほうを振り返って、

「今日はこの辺で眠ろうか」

「先はまだ長いんだし、いつもより長めに休憩を取ってもいい？」

「そうだね、さすがのボクもへとへとだよ。夜叉だって口数減っているし」

「オレはまだまだ余裕があるぞ。しかしお前らが休みたいというなら、仕方ない」

とかなんとか言っていたくせに、真っ先にいびきをかきはじめたのは夜叉くんだった。わたしとシロちゃんは顔を見あわせてクスクス笑ったあと、離れたところで休みたがる彼の背中を横目にごろんと木陰《こかげ》に寝転がる。

眠る、といっても静止した世界では相変わらず昼の空。

まぶたを刺してくる陽ざしを避けたくてうつぶせになると、枝葉の影がぐにゃりと歪《ゆが》んだように見えた。

◇

「カンナ、カンナ、起きなさい」

わたしを呼ぶ声が聞こえてくる。まどろんだまま顔をあげると、お母さんが優しく肩を揺らして起こそうとしていた。

けど、まだ眠い。

走りっぱなしで疲れているんだから、もうちょっとだけ休ませてよ。

「もう朝よカンナ。小学生になったそばから遅刻じゃ、みんなに呆れられちゃうわよ」

そうだっけ？　とお布団にくるまりながら不思議に思う。

部屋の鏡をちらりと見ると、思っていたより自分はずっと小さくて、学習机のうえにはピカピカのランドセルが置いてあって――もう六年生くらいになっていた気がするけど、あれは夢だったのかなあ……なんて、ぼんやり考える。

「ほら、ぐずぐずしない！　そろそろお母さん、実力行使するからね！」

「えーやだやだ。もうちょっと、もうちょっとだけぇ」

「いくぞお、イチ、ニィのー、サンッ！」

「ぎゃああっ！　お布団を返してよ、まぶしいい！」

おおげさに暴れるわたしを見て、お母さんがあははと笑う。

そしたらなんだか楽しくなってきて、お腹もぐうと鳴りだした。

◇

「お父さん、ご飯のときにスマホいじるのお行儀が悪いよ」

「ああ、ごめんごめん。カンナも言うようになったなあ」

「そのうちすぐに反抗期が来るわよ。わたしの子だからそりゃもうすごいことに」

「怖いこと言うなよ……。はあ、いつまでも素直なままでいてほしいなあ」

ベーコンエッグの黄身を潰《つぶ》しながら、お父さんは不安そうにため息を吐く。

お母さんがその様子を見てくすくすと笑うから、わたしもいっしょになって笑って、牛乳をごくごくと飲みながら、早くおおきくなりたいなあ、と思って。

そのあとでふと、こういうのってなんだかひさしぶりだなあと感じて、お母さんが作ってくれる朝ごはんっていつも美味《おい》しかったよなあと懐かしくなって。

今だってこうして熱々のトーストにジャムを塗ってぱくぱくと食べているのに、なんでこんなふうに切なくて胸が苦しくなってくるんだろうと、不思議に思ったりして。

リビングの白いのカーテンがふわりと揺れて、窓から差しこんでくる朝の光を覆うようにして隠した。すると、ふいにつんと消毒液の匂いが漂ってきて。

ざわざわざわ。ざわざわざわ。

わたしは急に怖くなって、早く学校に行かなくちゃと思って立ちあがる。

するとなぜだかうす暗い病室の中にいて、お父さんが隣でぎゅっと手を握っていた。

お母さんは？

お母さんはどこ？

ねえ、どうしてなにも言ってくれないの。

お父さんはこわばった表情のまま、真っ白なベッドのうえで寝ている誰かを見つめている。痩《や》せ細《ほそ》った腕があって、それから顔を見て、わたしははっと息を止める。

お母さん？　と呼びかける。

なのに声は返ってこない。

病室の中では、弱々しい息の音だけがとぎれとぎれに響いていて。

ベッドの周りには、ごちゃごちゃとした機械がいっぱいに詰まっていて。

わたしは泣きだしそうになりながら、心の奥までぐちゃぐちゃになりながら。

必死に何度も何度も、呼びかける。

「お母さん……お母さんっ！　おかあ——」

◇

胸の奥がぐっと詰まったようになって、わたしは苦しさのあまり起きあがった。

……体のどこかに穴が開いているんじゃないか。

そう思うくらいうまく息が吸えなくて、喉をひゅーひゅーと鳴らしてしまう。しばらく経っても心臓がばくばくと脈打っていて、今にも胸が張り裂けてしまいそうだ。

どうしてこんなにも切ないのだろう。怖い夢を見ていたような気がして、でもそれは夢ではなかったような気がして、頭がパニックになりそうだった。

「おい、どうした。さっきからごそごそと動いて——」

離れたところで寝ていた夜叉くんが声をかけてくる。

わたしは慌てて涙を拭《ふ》いて、隣でいびきをかいているシロちゃんに、

「ねえ、起きて！　起きてってば！」

「ついに勝った……。ボクは亀《かめ》との競走に……って、ああ？　どうしたの」

「早く行こう。時間がないんでしょ」

「さっき寝たばかりじゃん。それに長く休憩を取りたいって言ったのはカンナだし」

シロちゃんが不思議そうな顔をする。

自分でも、変だなって思う。

けど、胸の奥にこびりついたざわつきをどうしても振り払えなくて。

「気が変わったの！」

「ちょ、ちょっと待って！　どうしたのさ、急に」

そんなの聞かれたって、本人だってわからないのだから答えようがない。

早く出雲にたどりついて、お母さんに会わなくちゃという焦りだけがどんどんと大きくなっている。そうして先を急ごうと前を向いたときにふと、

「あれ、誰か今、こっちを見ていたような」

「なにもいないし、神様の気配も感じないよ。やっぱりまだ、疲れているんじゃない？」

心配そうな表情をするシロちゃんに、いぶかしげに見つめてくる夜叉くん。

わたしは無言のまま背を向けて、慌ただしく走りはじめる。

怖い夢を見たからかも――なんて、恥ずかしくて言えないし。

今のだってたぶん、気のせいだ。

第三章◆神の試練

1　諏訪大社《すわたいしゃ》・上社本宮《かみしゃほんみや》

長野の県境からひたすら走り続けると、やがて肌をさすような冷気を感じるようになってきた。

ほどなくして『諏訪湖』と書かれた看板が見えてきて、今わたしが吸っているのは湖の匂いなんだと気づく。これまでの山道より、空気が澄んでいる気さえする。

顔をあげると雲もおおきく、空も近く見えた。

降りそそぐ陽の光が雲に反射して、まるでこの世界のすべてを虹色《にじいろ》に染めていこうとするような——そんな幻想的な山あいの景色が、目の前に広がっている。

わたしは白い息を吐く。

シロちゃんも、そして夜叉くんも、同じように雲と同じ色の息を吐いている。

ぴりぴりとした山の冷気を浴びながら進んでいくと、『諏訪大社』と書かれた石碑が目についた。その先には深い緑に囲まれた、いかにも古そうで立派な社があった。

「ここで次の馳走をもらうの？　なんだか今までのところと雰囲気が違うけど」

「そう。ここには大国主命《おおくにぬしのみこと》様——つまり出雲で一番偉い神様の、お子様にあたる御方がいるからね。ここで受け取る馳走は格別大事なものだから、心して受け取ってよ」

「わかった！」

はやる気持ちを抑えるように、わたしは元気よく返事をする。

シロちゃんの話を聞くかぎり、この神社で馳走を受け取ることは、出雲に向かううえで大きな一歩になりそうだ。

お母さんに会うためにも、なおさら気合いを入れなくちゃ。

本殿に向かう途中にあった巨大な柱を見あげていると、肌をさす冷気が強まってきて――単に寒い土地だからってだけじゃなく、ここにいる神様の影響なんだと気づく。冷気じゃなくて、霊気。

静止した手水舎《ちょうずや》からは真っ白な湯気が綿菓子みたいに立ちのぼり、境内のいたるところにでっかい太鼓や相撲《すもう》の土俵なんてものがある。あきらかにほかの神社よりも厳格そうな気配が満ちていて、わたしはだんだんと不安になってくる。

そうこうしていると拝殿の前にたどりついたので、いつものように一礼したあと、

「ごめんくださーい」

と、ご挨拶《あいさつ》。

けど、肝心の神様がどこにも見当たらない。

わたしがきょとんとしていると、隣のシロちゃんがなぜだか苦笑いしながら、

「ちがうちがう、ご神体はもっと向こう」

と言って、真上を指す。

そちらに顔を向けてみるものの、やっぱりなにもない。

きらびやかな飾りをいっぱい身につけた拝殿。高々と伸びる木々。

その先に広がるのは青い空と、はるか遠くにある雄大な山。

向こう——向こうってまさか。

「ほら、あの山のてっぺんに届くくらいの声で、お名告《なの》りして」

「ええ……。諏訪の神様、参りました！　カンナです！」

「んなちいせえ声で聞こえるかよ。もっと大声で叫べ」

いつのまにか真横にいた夜叉くんが偉そうにだめ出しをしてくる。

あんなに遠いところまで届くわけないじゃん。

なんで毎回毎回、こんな無茶ぶりばっかりされなくちゃいけないのよ。

内心でそうやって文句を吐くものの、これもすべてお母さんに会うためだからと自分に言い聞かせて、わたしは合唱の発表会のときだって出さないくらい声を張りあげ

る。

「参りましたあ！　カンナですうっ！」

「もっと、もっと！　諏訪湖の端《はし》から端まで響くくらいで！」

「お前、背だけじゃなく声までみみっちいのか。夏の蟬《せみ》のほうがよっぽどマシだぞ」

あのねえ、こっちは限界いっぱいいっぱいなんですけど!?

わたしはほとんど意地になって、こめかみがピキピキするほど息を吸って、

「諏ーー訪ーーっの！　神ーーーさ、まあああっ！　カンナでええすうっ！」

張りあげた声はやまびこになって、静止した境内に反響していく。

これだけやれば文句ないでしょ、と思った次の瞬間。

周囲の木々がばさばさと揺れはじめる。続けて、ズズズ……と不気味な地響き。

「もしかして、地震？」

「ちがう、これは……」

そう言ったシロちゃんのほうも、さきほどまでの余裕が感じられない。

地響きはどんどん激しくなり、今や諏訪湖の水をひっくり返しかねないほどの強い揺れになっている。いったいどれほど巨大な神様が姿を現すのだろう。そもそもどこに隠れて――そんなふうに考えたあとでふと、嫌な予感を抱いて山のほうを見あげる。

諏訪大社の境内から、はるか遠く。

一時停止したような空の中で、ひときわ巨大な雲がこちらに向かって流れてくる。

秋の陽ざしを浴びてきらきらと黄金色に輝いていて、まるでそれは、

「龍……」

思わずその場で失神しそうになった。

空を裂くようにして現れた巨大なシルエットは、いざ真上に近づいてくると、どう見たって数キロくらいの長さがあった。しかもこちらをぎろりとにらみつけたあと口をあんぐりと開いて吠《ほ》えると、台風のときみたいなすさまじい突風が吹き荒れて、

「う、嘘でしょおおっ!?」

身体ごと吹き飛ばされそうになって、わたしは慌てて四つんばいになる。シロちゃんは何回転もさせられて地面に這《は》いつくばってるし、流石《さすが》の夜叉も顔を伏せて身をかがめてる。

やがて突風がおさまると、黄金色の龍は拝殿の前にぐいと首を伸ばしてきた。

顔だけでも、学校の飼育小屋くらいなら、丸呑みにできそうなサイズ。

「す、すごい」

「この御方は建御《たけみ》名方神《なかたのかみ》様、いわゆる龍神様って呼ばれている留守神様だよ」

なんとか起きあがってきたシロちゃんが、わたしに囁《ささや》く。

龍の神様。

しかも全身が黄金色だなんて、江戸時代の屏風《びょうぶ》の中から飛びだしてきたみたいだ。

なんて唖然としながら考えてしまうのだけど、むしろそれは逆で——わたしたちがイメージする神々しい存在っていうのが、この龍神様の姿を元に描かれているのかもしれない。

そんな強そうで怖そうで偉そうな神様が、巨大な瞳をぎょろりとさまよわせて、

「我を呼ぶのは貴様か、小さきニンゲンよ。いったい何用だ？」

と、呟く。

その声だけで、わたしたちは吹き飛ばされそうになる。

この場から逃げだしたい。そんな気持ちでいっぱいになるものの、両足は根が張ったように地面から動かなくて、まったく言うことを聞いてくれない。

返事をしなくちゃと思うものの、怖すぎて口をパクパクさせることしかできない。

見かねたシロちゃんが助け舟を出してくれて、

「お初にお目にかかります、龍神様。出雲へ向けて馳走をいただきに参りました」

「そこのより小さきものは因幡《いなば》の素兎《しろうさぎ》か。であれば、こやつは韋駄天ということだな？」

「さように。ほら、ご挨拶！」

「あ……は、はい！　葉山《はやま》カンナです！　よろしくお願いします！」

がたがたと震える膝を必死におさえながら、わたしは精一杯の愛想笑いを浮かべてみせる。なのに龍神様は「ふむ」と、そっけない相づちを返すだけ。

「今年は来ないものかと思っていたぞ」

「はい、諸事ございまして。ただ、今ならまだ間にあうものかと。ですのでさっそくながら馳走をいただければと」

「ならぬ」

「え？　そ、それは……」

「馳走は渡さぬ」

有無を言わせない態度。

予想外の展開に、わたしたちは戸惑ってしまう。

取ってこいだとか探してこいだとか言われるときはあったけど、断られることなんて今まで一度もなかったのに。龍神様は最初からやけに不機嫌そうだし、

「あ、あの、どうしてダメなんでしょうか？　やっぱり、お待たせしたからですか？」

「ニンゲンよ。おぬしは本当に韋駄天を継ぐ資格はあるのか」

「それは、手首の神具をごらんくだされば」

シロちゃんが横からまた助け舟を出してくれたのだけど、龍神様は今にも火を吹きそうな顔でひと睨《にら》み。余計に怒らせるようなかたちになってしまう。

夜叉くんが「馬鹿が。使いの身分で」と呟いているのを聞いて、今のはわたしが答えなくちゃいけない場面だったのと気づく。怖いけど、次はきちんと――。

「この先、出雲への道はより厳しく、過酷になる。それを越え、使命を遂げる覚悟はあるのか？」

「も、もちろんです！」

これ以上怒らせないように、わたしは勇気を出して、きっぱりと言いきる。

ところが龍神様は、ごおごおと木々を揺らすほどの勢いで鼻を鳴らして、

「匂うぞ。嘘の匂いがする。おぬし、なにか隠しているな」

「え……」

心の奥まで見透かしたような巨眼に、どきりとしてしまう。

使命を遂げる覚悟って、なんだろう。

わからない。

わからないまま、わたしは答えてしまったのだ。

だとしても――。

「龍神様、お願いします！　馳走を託してください！　わたしは絶対、出雲へ行ってみせます！　行かなくちゃいけないんです！」

わたしは何度も何度も、お願いする。

こんなふうに、こんなにあっさりと、終わりになるなんて認めたくない。

なのに龍神様は変わらず、眉間に深いしわを寄せたまま。

やがて鼻をひくつかせて――天に向かって再び、嵐《あらし》のような咆哮《ほうこう》をとどろかせた。

「カンナ、見て！」

息を呑み、はっと顔をあげると、空に巨大な竜巻ができている。

よく見るとそれは渦のようなもので、諏訪湖の水が暴風に巻きこまれて、はるか空の向こうまで立ちのぼっているみたいだった。

龍神様の咆哮で生まれた渦は周囲にあった岩や木々をも浮きあがらせて、地上にあるありとあらゆるものを吹き飛ばしていく。境内にいたわたしたちも例外じゃなくて、慌てて避難しようとした矢先に足もとの地面がミシミシと剝《は》がれ、悲鳴をあげる間もなく渦の中心めがけて巻きあげられていく。

わたしは足もとの敷石にしがみついたまま、恐怖のあまりぎゅっとまぶたを閉じる。再び開いたときには――。

「そんな、ここって……」

「諏訪湖の上空。より正確に言うなら、龍神様のご神域の中だと思う」

シロちゃんが長い耳を情けなく垂らして、風の音にかき消されそうな声で叫ぶ。

夜叉くんでさえも、宙に浮かぶ敷石に乗りながら、あきらかに身震いしている。

その視線の先には、黄金色に輝く巨大なシルエットがあって。

「小さきニンゲンよ。そこまで申すのならば、貴様の覚悟を試そうではないか」

◇

周囲に目を向けると、地面ごと剝がされて宙を漂っている敷石の塊《かたまり》はほかにもあちこちにあって、神域に漂う雲と同じようにふよふよと浮いている。

おそるおそる敷石の端からそっと顔を出すと、豆粒のように小さくなった街並みと、諏訪湖全体の景色を一望できた。

……落ちたら間違いなく、ぺちゃんこになる高さ。

ただでさえ腰が抜けそうな高さだというのに、空を浮かぶ敷石はわたしたちの誰かが動くたびにぐらぐらと揺れて、吹き荒れる風はどんどん激しくなってくる。

その中心にいるのが、龍神様。

長い首をもたげて再び咆哮をあげると、不規則に浮いていた敷石が上下左右にとせわしなく動きだして、やがていくつもの道ができあがった。

「この道の先に、北斗《ほくと》と呼ばれる天空の社がある。そこに馳走を用意した。この荒れ狂う道を越え、たどりついてみせよ」

「そ、そんな」

道といってもひとつひとつが離れていて、ほかの敷石に飛び移ろうにもかなりの距離がある。小学生どころか、大人にだって無茶かもしれない。

隣のシロちゃんも同じことを考えたみたいで、

「恐れながら、これは神の試練では！　末裔とはいえ、人間。ましてや、こどもには無謀かと！」

しかし龍神様は考えをあらためるどころか苛《いら》だちまじりに両眼を光らせて、ふよふよと浮いていた敷石のひとつに稲妻を落とした。頭が割れそうになるほどの雷鳴がとどろき、家のリビングくらいの面積があったはずの塊が、あとかたもなく消えてしまう。

できるはずのない試練。

龍神様もそれがわかっていて、わたしたちを諦めさせようとしているんだ。

けど、ずっと黙りこんでいた夜叉くんがすっと前に出て、

「となると、出番だな」

「またややこしいのが……。どういうつもりだ、夜叉」

「オレは、こいつのような中途半端《ちゅうとはんぱ》なやつとはちがう」

「ちゅ、中途半端って」

あんまりな言い草に、怖がっていたのも忘れて言い返してしまう。

すると夜叉くんはいつもの勝ち誇ったような笑みを浮かべて、

「龍神様。この試練をとげたものが、韋駄天の使命を継ぐ覚悟があると認められ、馳走を託されるということでいかがか？」

「ふむ。鬼神の末裔、おぬしがその役目を担うか」

「ちょ、ちょっと待ってください！」

わたしは慌てて口を挟もうとする。でもそれは無駄な努力だったみたいで、

「ニンゲンよ。それが嫌なら命に代えてもやりとげてみせろ。おぬしの覚悟が本物だというのであればな」

龍神様にそう告げられると、もうなにも言い返すことができなかった。

ふいに引っぱられるような感触がして振り返ると、シロちゃんが前足でわたしのズボンの裾《すそ》をつかんでいた。無言のまま首を横に振る、真っ白なうさぎ。

出会ったときからマイペースで、能天気に無茶なことばかり言ってきたくせに――今は必死に止めようとしている。だからこの試練が本当に危険で、もしかしたら命だって失ってしまうかもしれないというのが、嫌というほどわかった。

それでもわたしは再び前を向いて、夜叉くんを見る。

腕を組んで挑戦的なまなざしを向けているけど、指先がかすかに震えていて、本当は夜叉くんも怖いんだってことがわかる。けど、鬼の一族の末裔として試練に挑戦するつもりで、つまりそれだけの覚悟をもって、韋駄天のお役目をとって代わろうとしているのだ。

……じゃあ、わたしは？

もちろん、答えは決まっている。

手首のブレスレットを握りしめたあと、こう言った。

「わたし、負けないよ」

額にツノを生やした鬼の子が、にやりと笑う。

シロちゃんだけが、あわあわとうろたえている。

「さて……行くぜ！」

よーい、どんっ！

意を決して心の中でそう叫ぶと、相手もほとんど同時に駆けだしていく。

わたしと夜叉くんは吹き荒れる嵐の中に飛びこんで、足を滑らしそうになりながらも敷石のうえに着地して、それぞれ別方向の敷石めがけて、再び空へと身を投げだしていく。

「ああ、もう……！　見てらんないよ！」

振り返るとシロちゃんがびくびくしながら、わたしのあとを追ってきていた。

◇

真下の景色に目を向けると、諏訪湖はほとんど空《から》になっていた。

龍神様の竜巻で作られた水の渦は周辺一帯を包む大嵐と化していて、たまに折れた木の枝やバケツまで飛んでくる。頭や足にぶつかって滑り落ちそうになるし、それだけでもかなり厄介だ。吹き荒れる風は飛沫《ひまつ》を巻きこんで横殴りの雨になりつつあるし、ただでさえ不安定だった敷石の塊は、風雨に削られて今にも崩れそうなほどぼろぼろになっている。

だとしても、ためらっている時間の余裕はない。

夜叉くんはケモノのようにひょいひょいと飛びこえて、どんどん先に進んでいる。榛名神社のときみたいに、神様の力で助けてもらえるわけじゃない――踏み外したら真っ逆さまに落ちてぺちゃんこになってしまうのに、そんなの平気だとでもいうように、遅れを取るわたしのほうに視線を向けて、挑発するように笑う。

……負けられない。今度の、今度こそ。

わたしは懸命にジャンプして、バランスを崩しそうになりながらも着地して、震える足に活を入れて、再び嵐の中に身を投げだしていく。何度も転びかけて風にさらわれそうになったし、そのたびに追いかけてきているシロちゃんの悲鳴ともつかない声が聞こえてきたけど、それでも諦めずにゆっくりと、着実にゴールへ向かっていく。

そうしているとやがて、嵐の狭間《はざま》からきらりと光るなにかが見えた。

神域に浮かび上がる色鮮やかな鳥居――あれがきっと、北斗神社だ。

夜叉くんの位置を確認すると、わたしより先にいて、だけど決して追いつけない距離じゃなかった。向こうもそれがわかっているのか、一度こちらをちらりと振り返っ

て、

「お先にいただくぜ！　お前とは鍛《きた》え方がちがうから――なっ！」

ラストスパートをかけるようにジャンプ、その勢いのまま次の敷石へとさらにジャンプ。まるで三段跳びの選手みたいに最後は飛ぶように跳ねて、ひとつ飛ばしに着地する。

なにあれ、すごい！

あまりにおおきな跳躍に、目を見張った直後。敷石の塊が衝撃に耐えられず、

「うわあっ！」

「夜叉くん！」

あわや崩落――となる寸前で、夜叉くんは宙に跳ねて、下に浮かんでいた敷石の端っこにしがみつく。だけどコースからおおきく外れていて、あれでは復帰できそうにない。

そのうえ追い打ちをかけるように嵐の激しさが増してきて、立っているだけでも大変になってくる。敷石がさらに削られて次々と崩落していくし、このままだとゴールへと続く道そのものがなくなってしまうかもしれない。

吹き荒れる嵐の先で、光り輝く北斗神社。

敷石の上にはいあがろうと、必死にもがく夜叉くんの姿。

どちらに向かうべきか。

両方に視線をさまよわせるわたしに、あとからついてきたシロちゃんが叫ぶ。

「だめだ！　夜叉のことなら心配いらない、あいつなら自力ではいあがれるはずだ！」

かもしれない。

これまでだってその身体能力のすごさに、敗れてきたのだから。

けども し……大丈夫じゃ、なかったら？

もう一度、夜叉くんを見る。

吹き荒れる嵐の中で、頼りなげにふらふらと揺れていて。

敷石の端をつかむ指先から、力が抜けていくのが見えて。――だめっ！

「カンナぁっ！」

夜叉くんのところめがけて飛びおりるわたしを見て、シロちゃんが絶叫にも似た叫び声をあげる。

自分の選択はもしかしたら、間違っているのかもしれない。

そうだったとしても、

「ほら、あがって！　早く！」

わたしは必死に手を伸ばす。

諦めかけていたような、今までに見たことのない顔をしていた夜叉くんが一瞬だけ見えて、すぐさま驚きとも怒りともつかない顔に変わっていく。

「くそっ！　……お前、どうして！」

そんな悪態《あくたい》に心の底からほっとして、夜叉くんに向かって微笑《ほほえ》みかける。握り返された手を思いっきり引っぱりあげると、相手もなんとか敷石の端からよじ登ってくる。わたしは再びゴールを見すえて、自分に言い聞かせるように呟く。

「絶対、お母さんに会うんだ」

だけど次の瞬間、足もとがぐらりとよろめいた。

あれ、ない。

地面が、急に。

風雨にさらされてぼろぼろになっていた敷石の塊が、ふたりぶんの体重に耐えかねて崩れていく。そのことに気づいたときにはもう遅くて、端っこに立っていたわたしだけが空中に放りだされてしまう。

やばい。落ちる、落ちる。

こんなことになるくらいなら、夜叉くんを助けないほうがよかった？
いや、自分は間違っていない。
後悔だってしていない。
ただこのまま落ちてしまったら、お母さんに会えなくなってしまう。
そのことだけが悲しくて。
怖いっていうよりは認めたくないって気持ちで、ぎゅっと目をつぶる。
直後——。
「あれ？」
ぼふんと、柔らかい音。
芝生みたいな、絨毯《じゅうたん》みたいな、柔らかく暖かな地面。
それは陽ざしを浴びてきらきらと、黄金色に輝いていて。
わたしははっとして、起きあがる。
……もしかして、助けてくれたの？
龍神様はなにも言わなかった。
だから流されるままに、幾重にも茂る柔らかなたてがみに包まれていく。
暖かくて、優しくて——あんなに気難しそうで怖そうな神様だったのに、こうしていると妙にくすぐったくて、なんとも言えない気分だった。

しばらくそうしたあとで、助けてもらっておきながらお礼を言っていないことに今さら気づいて、わたしはあたふたと口を開こうする。

けど、

「構わん、楽にせよ」

先にそう言われてしまったので、黙りこむしかなかった。

龍神様はなにを考えているのかわからなくて、やっぱりちょっとやりにくい。

ただ、怖いという気持ちはいつのまにか消えていた。

2　韋駄天を継ぐ覚悟

黄金色の背にわたしを乗せて、龍神様はぐんぐんと上昇していく。

山より高く。雲よりも高く。吹き荒れる渦の真上までやってくると、再び咆哮。

すると次の瞬間、一帯の嵐は嘘のようにかき消えてしまった。

……あれはぜんぶ、龍神様が作りだした幻だったのだ。

空が晴れわたるとより鮮明に、眼下に広がる景色を眺めることができた。

わたしはあまりの美しさに、息を呑んでしまう。

青く澄んだ諏訪湖の全景。その四方を囲むように建つ、本宮、前宮《まえみや》、秋宮《あきみや》、春宮《はるみや》。

拝殿に向かう道すがらシロちゃんに聞かされた解説を思いだしながら、豆粒のような社のひとつひとつを眺めていると、龍神様がぐいと首をもたげて、こちらを見る。

「試練は失敗に終わった」

「はい……」

そうなのだ。わたしは結局、なにもやりとげていない。

油断して落っこちて、助けてもらっただけ。

龍神様になにを言われるのかと、不安になりながら待っていると、

「小さきニンゲンにひとつ、聞こう。おぬしはなんのために出雲へ向かわんとする」

「馳走を……」

「おぬしの、真の目的だ」

ぎょろりと光る、龍の瞳。

嘘や建て前ではもうどうにもならないことがわかってきたから、わたしは覚悟を決めて、

「お母さんに会いたいからです」

「出雲に行けば、母に会えると？」

「ご縁があればって、シロちゃんが」

しばらくの間、龍神様はまぶたを閉じて、

「ではなぜ、それを捨ててまで、鬼の命を拾った」

今度はこちらが、じっと考えこむ番だった。

あらためて問われると、言葉にするのは難しい。

「見たくなかったんです。もう、誰かが――」

途中で、息が詰まった。あのときのことを、思いだして。

けど、最後まで言わなくちゃ。

龍神様にはもう、本音を話そうと決めたから。

「目の前で誰かがいなくなるの、もう見たくないの」

まぶたを閉じるだけで、思いだす。

白いベッドのうえで横たわる、お母さん。

手を握っても固くて、冷たくて。

どれだけ強く握りしめても、今にも消えてしまいそうで。

「相、わかった」

龍神様が再び、息を吐く。

柔らかな風が吹いて、わたしの心を優しく包みこんでくれる。

「そなたに、馳走を託そう」

「え……？　なんで？」

「我も、出雲の大国主命の、子である」

龍神様はひとこと、そう告げた。

心変わりした理由になっていなかったから、わたしは次の言葉を待つ。

「だが――いにしえの誓いにより、この地を治める契りを交《か》わした。以来、出雲の親神とは会えぬまま」

出雲で一番偉い神様のこども。とんでもなく大きくて強そうな、留守神様。

なのに、

「もう二度と親には会えぬ。その心、我には痛いほどわかる」

こんなにも寂しそうな声を出すなんて、思わなかった。

こんなにもちっぽけな自分に、弱いところを見せてくれるなんて思わなかった。

クラスのみんなや、学校の先生、近所の人たち。

お父さんでさえどこか、わたしを可哀想《かわいそう》だと感じているのがわかった。

なるべく傷つけないように、悲しませないように、距離を置いて、見守ろうとする。もちろんそれが優しさなのはわかっているし、だから素直に受けいれるべきだったのかもしれない。だけどわたしはどうしてもそれが嫌で、意地になって強がってきた。

同情されるのなんてまっぴらだ。そう思って。

龍神様はきっと、わたしと同じ境遇で、弱さを見せたくないところもいっしょで。なのに隠していた弱さを、自分から見せてくれて——だからわたしにも、それでいいんだと教えてくれている。

我慢できなくなった。こらえられなくなった。

どうしたって声は漏れてしまうのに、涙と同じようにぽろぽろとこぼれ落ちているはずなのに、龍神様は気づかないふりをして、はるか先に広がる空をずっと見つめている。

その優しさが心の奥にまで染みいってきて。

「またと会えずとも、縁は消えぬ」

龍神様の呟きを聞いたわたしは、頬をぬぐう。

こんなにも大きくて強そうで、なのに誰よりもわかってもらえたのが不思議で。

「縁結びの刻までに、必ず出雲へたどりつけ」

「……はい！」

わたしは顔をあげて、はっきりと答える。

自分だけじゃない。

龍神様の想いも背負って、出雲まで走ろうと心に決めて。

◇

空をぐるっと回ったあと、龍神様は諏訪湖のほとりに舞いおりた。

すると先に来ていたシロちゃんが駆けよってきて、

「大丈夫？　カンナ」

試練をはじめてからずっと、心配そうな顔が貼《は》りついているような。

だからわたしは「大丈夫！」としっかり返す。

そのときにふと視線を感じて柱の陰を見れば、夜叉くんもなにか言いたげにこちらをじっと見つめている。

そんなに気になるなら、いっしょに駆けよってくればいいのに。

わたしたちの様子を見た龍神様は、

「小さきニンゲンだけではこころもとなく思ったが、心強い伴《とも》もいるようであるな」

そう言ったあと、ごうっと息を吹きかける。

きらきらとした光の粒子が、わたしのところまで舞いおりてきて。

次の瞬間、たわわに実った黄金色の稲穂に変わっていた。

「こ、これって……」

「この地の馳走だ」

わたしはそれを抱きしめるように受けとめ、大切にひょうたんへと仕舞った。

すると龍神様は念を押すように、

「必ず、出雲へ。送り届けよ」

「はい」

「今宵《こよい》の祭りに間に合わねば、ことであるぞ」

「もし……間に合わなかったら、どうなるんですか」

「八百万の神々がその月、出雲にとどまることが叶《かな》わぬ」

「神在月が、神無月になっちゃうんだよ！」

シロちゃんがあたふたしながら、またよくわからないことを言う。

わたしが首をかしげていると、

「翌年の縁を結ぶ会議が行われず、この島国が、おおきく揺らぐことになろうぞ」

龍神様はそう告げると、地面を強く蹴り、天高くへと舞いあがった。

突風とともに大地がぐらぐらと揺れ、荒々しい地鳴りが響いてくる。

この島国が、おおきく揺らぐ――その言葉と目の前の地響きがあいまって、とても恐ろしい未来を告げられたような感覚が押し寄せてくる。

やがてはっと我に返って、汗でにじんだ手のひらをじっと見つめる。

するとそんなわたしに発破をかけるように、空から声が降りそそいでくる。

「行け、韋駄天の子らよ！　長くはとどまるな！」

龍神様は高らかに雄たけびをあげ、山々へ向けて飛び渡る。その軌道にあわせて諏訪湖の湖面がパキパキと凍《い》てつき、一筋の白い道が拓《ひら》かれた。

◇

途中で割れたりしないかとひやひやしながら氷の道を渡りきると、ようやく生きた心地がして、ほっと息を吐く。

だけどわたしよりも、試練のときからずっと見守っていたシロちゃんのほうがよっぽどひやひやしっぱなしだったみたいで、

「まったく……これじゃ、心臓がいくつあっても足りないや」

「ごめんごめん。でも、結果オーライでしょ？」

笑いながらそう言うと、シロちゃんはやれやれといった様子でため息を吐く。

想像を絶する試練だったけど、きっと本番はこれから。

気を休めている余裕なんてない。

そんなふうに考えた矢先、

「おい、お前！」

ふいに呼びかけられて振り返ると、夜叉くんがリュックを投げつけてくる。

さすがにむっとして、わたしがにらみつけると、

「なぜ助けた」

「え……」

「オレは韋駄天に恨みを持つ鬼の一族。しかもお役目を奪おうとしているんだぞ」

そうなんだよね。

だから夜叉くんからしてみたら、不思議に思うのは無理もない。

もちろんわたしだって、

「わかんないよ。でも――」

言葉にするのが難しくてためらっていると、夜叉くんがいっそう険しく顔をしかめる。

「助けてあげたってのにお礼のひとつも言ってくれないし、ヘタしたら屈辱だ！　なんて思っていそうなところがあるし。まさか自分と同じかそれ以上に負けず嫌いな相手がいるなんて、想像すらしていなかったけど」

「きっと、夜叉くんがいなかったら、もっと走るのつらかったよなあって」

「……っ！」

「ここまで走るの、ちょっと楽しかったかも」

そう言うと、夜叉くんは意表をつかれたような顔をする。

ありがとう、なんて素直に言ったらどうせまた不機嫌になるだろうし、それもなんだか悔しいから、絶対に言ってあげない。

でも最後くらいは、きちんと伝えておかないとでしょ？

そう。試練は失敗しちゃったけど、お役目を取って代わるという目的を夜叉くんは果たせなかったから、わたしとの勝負は終わり。

ここでもう、お別れなのだ。

それがわかっているから、彼は険しい表情で、拳をぎゅっと握っているのだろう。

「じゃあ、行くね？」

なんだかんだで似たもの同士だったよね。わたしたち。

そんなふうにしんみりしながら背を向けようとしたのだけど、

「お前はノロマだ」

「はあ？」

「最後の最後で、カンナに負け惜しみって……」

「ちがう！　今のままでは到底、祭りなんぞに間に合わない。だからオレがちゃんとした走りを教えてやる」

まったく。喜んだらいいのか、怒ったほうがいいのか。

どんな表情をすればいいのかわからなくて——結局、ぷっと吹きだしてしまった。

第四章◆出雲へと続く路

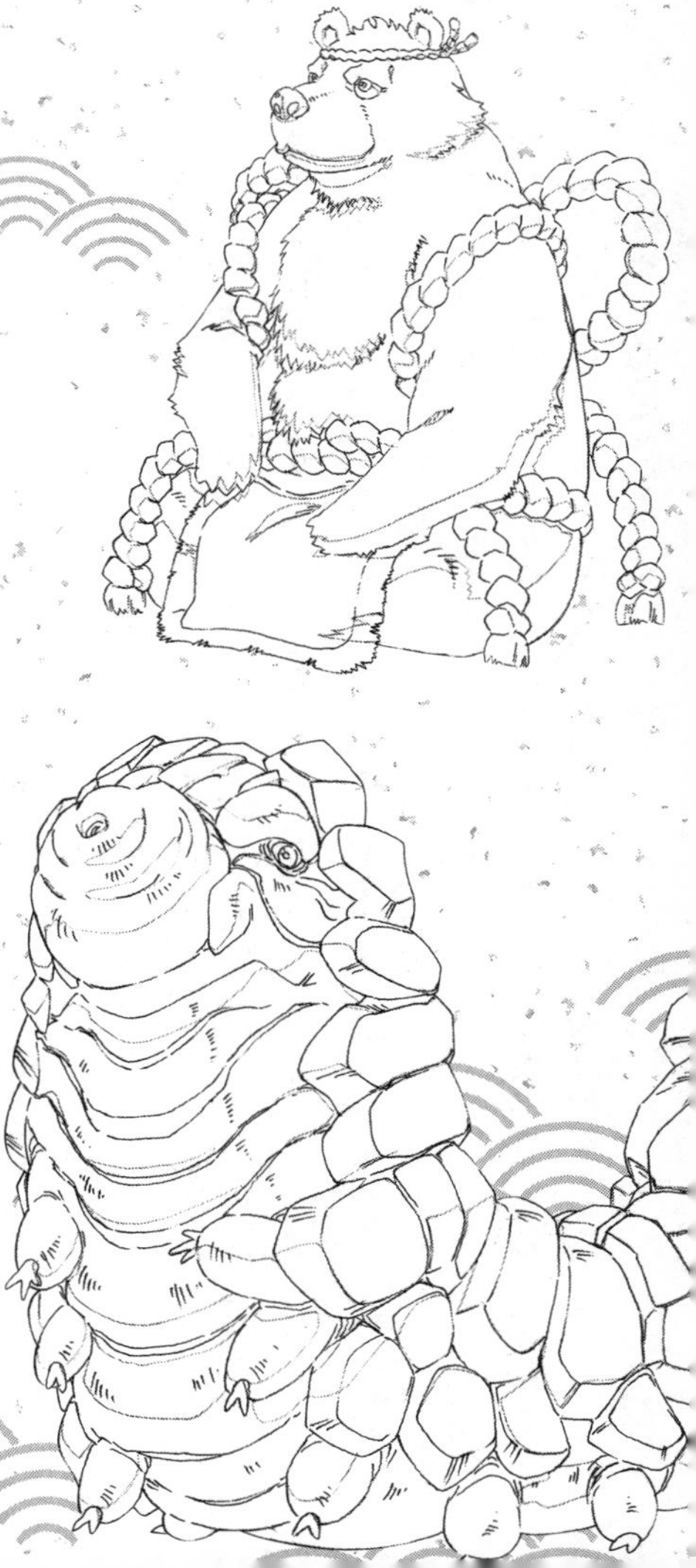

1　木曽《きそ》路《じ》〜豊田《とよた》

「じゃ、急がなくっちゃね。のんびりしていたら間に合わなくなっちゃうよ」

シロちゃんに言われて空を見ると、お日様の位置がわずかに斜めになっていた。

一時停止したような景色とはいえ、実際はスローに時が流れている。

もしお祭りに間に合わなくなったら大変なことになってしまうのだから、やっぱりもうちょっとペースを上げられるようになったほうがいいのかもしれない。

夜叉くんは怒りっぽいし意地悪なところもあるものの、なんだかんだ言って走り方を教えてくれるのは助かる。……と思っていたのだけど、

「ほらもっとこう、腕の振りが甘いから歩幅が広がらねえんだよ」

「わたしとしては精一杯、振っているつもりなんだけど」

「だったら自分の限界を超えろ！　あと口答えするな！」

諏訪湖での一件から距離が縮まったのは嬉しいものの、今度は近すぎるというかさすがにうざ——いや、教えてもらっておいてそんなふうに言うのはよくないか。

でも、こうも急変されるとやりづらい。

旧街道の露店で売られている五平餅《ごへいもち》の味噌の香りが気になるけど、

「オレの走りを見せてやるから、真似して必死についてこいっ！」

なんて張りきる夜叉くんには、とてもじゃないけど言いだせない。

宿場町には脇目も振らず猛特訓を強いる彼の姿に、シロちゃんがこそこそと、

「鬼コーチって感じだね。鬼だけに」

「本人に聞かれたら絶対に怒るよそれ。しっかし、本当にわかりやすいんだから」

冗談まじりにそんなことを話しつつ、猛スピードで駆ける夜叉くんの背中を追いかける。

やる気があるのはいいけど、さすがにこのペースだと体力がもたないような……。

◇

体感にして三時間ほど経過したころ。

あらかじめ予想していたとおり、わたしたちの走るペースは目に見えて落ちていった。

最初は張りきっていた夜叉くんですら、鬼コーチの役目を忘れて無言のまま肩で息

をしている。マラソン大会でスタートのときだけ猛ダッシュする馬鹿な男子って絶対にいるけど、まさにあんな感じ。走りはじめたばかりのころに上から目線であれこれ言われていたし、いっそ仕返しをしてやりたいところなのだけど……あいにくわたしのほうも今はそこまでの余裕がない。

旅のはじめは東京から埼玉、群馬から長野へと近づくにつれ、次第に色づいていく紅葉に目を奪われていたものの、さすがにこうも変わり映えしない景色が続くとげんなりする。

秋の空を埋めつくすほどの赤や橙《だいだい》、時折の黄色——きれいなのはきれいなのだけど、相変わらずのスローな世界ではぴたりと静止しているし、枝葉が風に揺れて動くとか、そういった変化がないと飽きてしまう。退屈な気分はじわじわと旅の疲れにのしかかってきて、余計に足取りが重くなってくる。

でもそんなことで弱音を吐こうものなら、ただでさえ疲れて機嫌が悪そうな夜叉くんに、なにを言われるかわかったものじゃない。だからわたしもひたすら我慢しながら走るしかなくて、それがもう本当にきつい。

と、ふいに違和感を覚えて、

「シロちゃん、あの山肌の白いところって、雪……なのかな？」

秋風に吹かれすぎてかすんでいた両目を、ごしごしとこすりながらたずねる。

するとシロちゃんも退屈していたのか、ひさしぶりにこちらを振り返って、

「あれはね、実は桜なんだ！」

「え……秋なのに？　今って十一月だよ!?」

わたしが目をむくと、夜叉くんもひさしぶりに悪態をつく。

「簡単に騙《だま》されるなよ。嘘に決まっているだろ」

「そっか。まあそうだよね」

残念だなあと思いつつもう一度、山肌にこぼれたような白を眺める。

うーん。でもこうして目をこらすと、うっすらとピンク色っぽくもあるような。

「信じられないって言うなら、自分の目で確かめてみなよ」

と、シロちゃん。

冗談を言ってきたにしてはなぜか、むっとしたような顔。

こうなると余計に気になってきて、山道の先にある白いところへ駆けよっていく。

そうしたら――。

「ほ、ほんとだ……」

「こりゃ、たまげたな……」

あまりにも不可思議な光景に、夜叉くんと揃《そろ》って言葉を失ってしまう。

なにせ満開に咲いた桜の隣に、赤々とした紅葉が色づいているのだから。

「ほらね、言ったでしょ」

シロちゃんは誇らしげに、ぬいぐるみみたいに低い鼻を目一杯に高くする。

夜叉くんは幻術かなにかだと疑っているのか、わざわざ地面に落ちた雪のような花びらを拾いあげて、怪しげなものを鑑定するかのようにまじまじと見つめている。

一方のわたしはといえば桜と紅葉が並ぶ景色にどことなく見覚えがあって、さんざん頭をひねらせたあとで、果肉入りのストロベリークランチチョコそっくりなのだと気づく。

「これは四季桜と呼ばれていて、秋にも咲く桜なんだよ」

驚くばかりのわたしたちを横目に、いつも以上に得意げな顔で語りだすシロちゃん。満開に咲いた花びらに囲まれたうさぎは、さながら桜の妖精《ようせい》だ。

「昔、ここが三河《みかわ》と呼ばれていたころ。この地に住んでいたお医者さんが、尾張《おわり》から来た患者さんに桜の存在を聞かされて見学に行き、その苗を持ち帰ったことが由来なんだ」

淡いピンクの可愛い桜と、燃えるように赤い紅葉。

ありえない組みあわせが並んでいる様子は、なんとも不思議で。

しばらく眺めたあとでふと、まるでわたしたちみたいだな、なんて考えてしまう。

うさぎにニンゲンに鬼。普通なら絶対にありえない組みあわせ。

なのにいっしょに走っているわけだから、あらためて考えてみると本当におかしい。けど、だからこそ刺激的で、楽しいのかも。

「今では一万本とも言われる四季桜を見ることができるんだよ。というわけで」

シロちゃんは満足したように、わたしのズボンの裾を引いてくる。

「さっ、次に行こうか」

「ええー」

「さすがにそろそろ馳走か？」

「いや、むしろその前に休憩を取っておいたほうがいいかなって。まだまだ長い旅になるわけだし、正直けっこう疲れてきているでしょ」

シロちゃんの言葉で一気に現実へと引き戻されて、わたしははあと息を吐く。

とはいえようやく休むことができるのなら、むしろ喜ぶべきところなのかもしれない。

◇

「やったあ！　ひさしぶりにちゃんとしたところで寝られる！」

道の先に小さなお堂を見つけて、嬉しくなったわたしはシロちゃんをぎゅっと抱きかかえる。でも正面まで回りこんでみると、

「げえ、なんかすっごい泥だらけなんだけど……」

あまりのみすぼらしさに絶句してしまう。

遅れてやってきた夜叉くんもお堂の中をのぞくやいなや、

「きったねえとこだな」

とぼやく。

普段からケモノみたいだし汚いところに慣れていそうな感じなのに、実はけっこうきれい好きなのかな。そんなふうに言っちゃうとめちゃくちゃ失礼だけども。

「雨がしのげる屋根があるだけ、ありがたいのかなあ？」

「韋駄天の力で時空がねじれているから、急に降りだしたところで大差ないぞ」

横から冷静なツッコミ。

なにかしら理由をつけて自分を騙さなくちゃ、やっていられないでしょ。

それにしてもと、あらためて中の様子を見まわすと……どろどろになった壁のちょうど中央に、お供えものが置かれていた。シロちゃんを床におろして近づくと、奥のほうに小さいながら立派なしつらえがなされた仏壇らしきものが、泥に埋もれて飾られている。


思わず手を伸ばし、べっとりとついた泥を払おうとすると、

「やめておけ、カンナ！」

背後から険しい声が響く。

驚いて振りかえると、夜叉くんがくいくいと親指を外に向けて、

「看板に書いてある、ここの謂《いわ》れを読んでみろ」

言われてみればひさしぶりの休憩にはしゃいで、周りをろくに見ないままお堂にあがりこんでいた。夜叉くんの物々しい表情を見てごくりとつばを呑みこみ、看板へ向かう。

「泥打《どろぶち》観音……。ええと、泥が好きな観音様で……なにそれ変なの。また別の伝説では旅人が一夜の宿を借りたとき、本尊や堂を拭き清めると、その夜のうちに死――」

ぎょっとした。

以前のわたしだったら真に受けなかったかもしれないけど、本物の神様と何度も会

ってきただけにまったく笑えない。地域の伝承として残されているくらいだから、きっと本当にあった出来事なのだ。

いつのまにか足もとにやってきていたシロちゃんも、看板を読んで目を丸くしている。普段から得意げに解説しているくせに、こういう肝心な情報にかぎってすっぽり抜けているんだから。

「神や仏といっても、いろんな逸話があるんだよ。お前らが思っているほどいいものばかりじゃない。下手に触って後悔したくなければ、くれぐれも気をつけておけ」

と、夜叉くんだけが平然とした顔で告げる。

鬼にそういう話をされると説得力があって、余計にぞっとしてしまう。

足もとにいるシロちゃんも納得したように、

「善い神様もいれば、そうでない神様もいる。ボクらだってそうだし、人間にしても同じだね」

「お前らはすぐに白だ黒だと区別したがるからな。鬼は害をなす悪いやつ、神様はみんなを守ってくれる善いやつ。だがこの世はそう単純に作られていないし、その中で暮らすものたちだって同じように、善であれ悪であれと、生まれながらにして定められたものはいない」

これまた夜叉くんに言われると、真に迫った説得力がある。

あれだけ一族の悲願だなんだと言っていたわけだし、たぶんわたしたちが知らないだけで、昔から悪い存在として扱われて、ものすごく苦労をしてきたのかもしれない。

「そうだよね。わたしだって友だちに嘘をついちゃうときあるし、お父さんは悪くないのに怒っちゃったりとか、あとから思えば悪いことしちゃったなってときがあるし……人間だからとか神様だからとか鬼だからとか関係なしに、いろんなひとがいて、いろんな事情があるのかも」

「ふん。急にしおらしくなったたって、別に褒めてはやらないぞ」

誰も頼んでいないってば、そんなこと。

しばらく沈黙が続いたあと。珍しく真剣に語ったことが恥ずかしくなってきたのか、夜叉くんはおどけるような仕草《しぐさ》をして、冗談まじりにこう言った。

「まあ悪いことをした覚えはない、うしろめたいことはないって顔をしているやつもそれはそれで信用できないけどな。お前の足もとにいる腹黒うさぎなんてまさにそうだろ」

「誰が腹黒うさぎだよっ！」

「じゃあお前は一度も悪いことをしてないのか？　うしろめたいことはないのか？」

「う、それは」

夜叉くんに尋問されるかたちになって、急におどおどとしはじめるシロちゃん。

なぜかこちらをチラチラと見てくるけど、やっぱり助けてほしいのかな。

「あーもう、そうやっていじめない！　シロちゃんはそりゃマイペースだけど、わたしを心配してくれたり手助けしてくれたりして、いつも優しいもん！」

「どうだかな。オレとしては使命を果たすという目的が一致していれば、構わないが」

「ボクは悪いうさぎじゃ、ないよ」

ほら、シロちゃんだって困っているじゃん。

わたしはもう頭にきちゃって、ふんと顔を背けるのだけど、

「そんなことより、さっさと入って休もうぜ。これから先も長いんだからな」

と笑いながら言って、そのままお堂の中に消えてしまう。

だから余計にむしゃくしゃして、

「鬼だからとか人間だからとか関係なく、意地悪なやつは意地悪ってことね」

「……それは言えてるかも」

調子を取り戻したようなシロちゃんと顔を見あわせて、わたしたちもお堂にあがりこむ。夜叉くんに腹を立てていたせいか、さきほどまで感じていた恐怖はすこし和らいでいた。

2　名もなき山の社

人里と山の中を行ったり来たり、アップダウンを延々と繰り返す。

いつだか社会の授業で日本地図を見たとき、「山ばっかだねー」なんてミキと笑っていたけど、実際に走ってみるとまさにそのとおり。この島国のほとんどは山や森なのだ。

思えば今までの自分は教科書やテレビから知識を得るばかりで、こんなふうに経験して理解したものなんてほとんどなかった。きっとほかにもまだまだ、知らないことはいっぱいあるんだろうな。

走りながら、そんなことをぽつりと呟いてみると、

「そりゃそうでしょ。カンナはまだ小学生なんだし」

「あのさシロちゃん、すぐにそうやってこども扱いするのやめてくれる？」

「事実は事実だろうに。こどもと言われてムキになるのは、お前がこどもだからだ」

「夜叉くんまで……むっかつく！」

わたしがふくれっ面を浮かべると、夜叉くんがおかしそうに笑う。

けど、いつもの小馬鹿にするような感じじゃなくって、

「まあ、知りたいと思うのはいい傾向だ。弥生にしてもそうだったからな」

「お母さんが？」

「ああ。お前と同じように、知りたがりだったさ」

そこでまた、愛おしそうな、切なそうな笑み。

わたしがじっと見つめていると、催促されていることに気づいたのか、

「韋駄天のお役目を賭《か》けて勝負していたとき、あいつはなんでもかんでも聞いてきやがった。鬼の一族の伝承や逸話、あとはオレ自身の話とかな。こっちは嫌だと言っているのに、断るのなら次から勝負してあげないなんて言いやがるから……負けるたびに語っているうちに、終《しま》いにはほとんどのことを知られてしまった。今になって思い返しても腹が立つ」

「そのわりには楽しそうに語るね」

シロちゃんに横から指摘されて、夜叉くんは今までにないくらい苦い表情をする。

けど、なんとなくわかってしまう。

夜叉くんにとっても、わたしのお母さんは大切な存在だったのだと。

「弥生はとにかく好奇心が旺盛《おうせい》で、そしてどこまでも純粋だった。ありとあらゆるものに目を向けて、ありのままに感じる。弥生はそうやって生きていたからこそ、ああも速く、そして美しく駆けることができたのだろう」

話していることの意味が、いまいちよくわからなかった。

わたしにはまだ理解できていないことを、夜叉くんは語っていて——そう思うと悔しいような、これから知れるものがいっぱいあるようで、ワクワクするような。

夜叉くんのほうは喋りすぎたと今さら後悔しているのか、流れをぶったぎるように、

「そろそろ馳走を集めるところに着かないのか。さすがにうんざりしてきたぞ」

「まさにもうちょっとで、次の目的地だよ」

「そうなの？　ずっと山の奥を走っているし、こんなところに神社なんて——」

「今までとだいぶ毛色が違うからなあ。一応、心構えだけはしておいてよ」

どうにも歯切れの悪い言葉を聞いて、わたしと夜叉くんは顔を見あわせる。

龍神様のときみたいな、おおきくて強そうで立派な留守神様がいるとか？

もしくは泥打観音様のお堂みたいな、いわくありげな怖ーいところだとか？

嫌な予感を抱きつつ道なりに走っていると、シロちゃんが急に足をとめて、

「はい到着」

「えーと、なにもないいんだけど」

わたしはきょろきょろと周囲を見まわす。

うっそうと茂った草葉があるだけ。

社らしきものもなければ、石碑らしきものさえ見当たらない。

けど、夜叉くんは眉をひそめながら呟く。

「かすかに霊気は感じるな。まさかこんなところに、馳走があるのか？」

「そのまさかだよ。昔はこのあたりにも社があったらしいのだけど、ごらんのように
すっかり廃《すた》れてしまってね。もはやその名残《なごり》さえ残っていない、というワケ」

「なんで……」

「東京に住んでいるカンナなら、きっとわかるんじゃないかなあ。一番の理由は、参拝するにしても道が険しすぎるからだよ。昔はともかく今はこんな山の中にまで人は住んでいないし、もっと近くにおおきな神社がいっぱいあるんだから、わざわざこんなところまで参拝しに来る必要はない。みんながそう考えたなら、いずれはこうなる

のが道理でしょ」

「そのあたりは実にニンゲンらしいな。由緒やご利益がなければ、見向きもしない」

夜叉くんの言葉が、ぐさりと胸に刺さる。

わたしたち人間の世界では誰も彼もが忙しくて、ほかのことに目を向けている余裕さえなくて。だから便利なものや自分の利益になるものだけを優先して、それ以外のものは気にもとめない。

わたしにしたって以前までは、神社やお寺に足を運ぶのはお祭りや初詣《はつもうで》のときだけ。それも友だちと遊ぶからだとか、出店の屋台で食べたいものがあるからとか、おみくじを引いて運勢を占いたいからってだけで、神様のことなんてこれっぽっちも考えていなかった。

いや、今だってそんなに変わっていないかも。

韋駄天の使命を継いだのは、出雲に行けばお母さんに会えるかもしれないからってだけで、龍神様に認めてもらえたし自分なりに覚悟だってあるけど――。

そんなふうに考えていくと心がざわざわとしてきて、シロちゃんたちに出会う前の、あの嫌な感じがぶり返してくるようだった。

「あのねえ、カンナがそんな顔をしなくたっていいんだからね」

「え？」

「社がないから可哀想かい。廃れてしまったから寂しそうかい。でも神様は人間が見ていようがいまいがお構いなしにこの世界のいたるところに存在しているし、そんなことでいちいち同情されたらむしろ腹を立てちゃうかもしれないよ」

呆れた顔で言われて、わたしははっとしてしまう。

お母さんがいなくなったとき、周りの人に可哀想なもののように扱われて、あんなに腹を立てていたのに……自分だって同じようなことを、やっていたのだから。

「ご利益をくださるのは参拝してもらいたいからじゃなくて、ただそうしたいからそうしているだけ。そのことで感謝されたり社を作ってもらったりしたら喜ぶかもしれないけど、別になかったらなかったで構わないわけさ。神様はボクらやキミたちよりもずっと自由で、ありのままに時を過ごしているんだから」

「なんでもかんでも自分たちを中心に回っていると考えてしまうところが、いかにもニンゲンといったところだな。ほらもう一度、周りをよーく見てみろ」

夜叉くんにうながされて、わたしは言われたとおりにする。

社はない。石碑もない。

留守神様がいて、馳走があるようなところだとは、とてもじゃないが思えない。

けどしばらくじっとして目をこらしてみると——背の高い草花の間にシロちゃんより小さな野兎が隠れていたり、樹木の枝のうえに猿がちょこんと腰かけていたり。さらには木の陰をそっとのぞいてみると、でっかい熊が木の実をぼりぼりと食べようとしている姿があって。

そうしてようやく気づく。

社や石碑がなくても、ここは山の動物たちにとっては憩いの場なのだと。

「そっか。神様の恵みを大切に受けているのは、わたしたちだけじゃないんだね」

「ご名答。だから寂しくなんてないし、ましてや可哀想なんかじゃ絶対にない。人間のためだけに神様がいるなんて考えていたら、それこそ失礼になっちゃうでしょ」

シロちゃんにそう言われて、思わず頭をかく。

学校の授業も、教科書にある歴史も、あくまで人間から見たときの話だった。

夜叉くんやシロちゃんの言うとおり、ニンゲン以外の目から見たら、なんて考えたこともなかった。わたしはひょっとしたら、とんだ勘違いをしていたのかもしれない。

あらためてその場で深く一礼したあと、ついでにごめんなさいと手を合わせる。

すると空中からどさどさと松茸《まつたけ》が降ってきて、突然のことに目を丸くしてしまった。


「キミは優しい子だね、だってさ。まあそういう見方もあるのかなあ」

「神様にまで気を使わせるとは、つくづく恥ずかしいやつだなお前は」

「あーもう、そんなに言わなくたっていいでしょうに！」


わたしは顔を真っ赤にしながら、ひょうたんの中に馳走を入れる。

こうしてひさしぶりに使命を果たしたのもつかの間、シロちゃんが空を指さして、

「お日様がだいぶ傾いてきたなあ。スローになっているとはいえ秋は暗くなるのが早いし、この勢いに乗ってまたペースを上げていこう。寄らなきゃいけないところはまだまだいっぱいあるからね」


見れば確かに、太陽が以前よりもずっと低い位置にきている。

どれだけ馳走を集めても、お祭りに間に合わなくちゃ意味がない。

わたしたちはうっそうと茂る草葉に一礼してから、急ぎ足で次の目的地へ向かう。

3　滋賀・須賀《すが》神社〜京都〜鳥取・白兎《はくと》神社

山の奥深くを抜けるとそこは滋賀。休憩のない道のりが続いたこともあってか、あ

のせっかちなシロちゃんでさえ、次第にペースを落としているようだった。

それでも弱音を吐かずにリードしようと努《つと》めているところは、さすがは神の使いといったところ。マイペースなようでいて、実はけっこう努力家だったりするのかもしれない。

「ねえシロちゃん。さすがに疲れてこない？」

「ボクは全然、大丈夫だよ。それにあともうちょっとで、次のところだから」

なんて強がっているけど、やっぱりいつもより息が切れているように見えた。

そういえばと思って振り返ると、あの夜叉くんですら遅れ気味。

限界が近いのはみんないっしょみたいで安心するものの……困ったことに負けず嫌いなのもいっしょだから、揃ってむっつりと黙りこんだまま、ひたすら走り続ける。

そうしているとやがて、

「わあっ！　海に出たあ！」

視界が一気に開けて、道の先に青く澄んだ水面が現れた。

穏やかな秋の陽ざしを浴びてきらきらと輝くその景色は、延々と山道ばかりを走っていたわたしからすると、鮮やかすぎて目が痛くなりそうなくらいだった。

さすがは海。解放感がすごい。

と思っていたら、シロちゃんが息を整えながら、

「あれは琵琶湖《びわこ》。海じゃないよ」

「えっ？　こんなに広くても湖なの？　確かに日本一の大きさって習ったけど……」

地図で見るのとは大違い。

実際に眺めてみると、まるで世界の端まで広がっているように思えてくる。

「まあお前らニンゲンは、賢ぶっているわりに杓子定規《しゃくしじょうぎ》のお勉強しかしないからな」

追いついてきた夜叉くんがぽつりと呟く。疲れているはずなのに悪態をつくのは忘れないのだから、これはこれで律儀なのかもしれない。

とはいえ走るほどの元気は誰も残ってないらしく、自然と歩くペースになって湖面へ向かう。せっかくだからと琵琶湖をのぞきこんでみると、

「うわ、顔が泥だらけ」

水面に映った自分を見て、あまりの汚れっぷりに驚いてしまう。

それからみんなの姿をあらためて見回すと、シロちゃんも真っ白というより茶色っぽくなってきているような。夜叉くんはもとから日焼けしているから、よくわからないけども。

「タオル持ってきたから、ちょっと待ってね」

気づいたからには拭いておこうと、湖岸に降りてタオルを水にひたす。

すると、

「あれ、そこまで冷たくない」

手がしびれるくらいの水温を想像していたから、ちょっと驚く。

「常に流れている海と違って、溜《た》まっている湖は晴れが続くと温まるんだよ」

「……はじめて聞いたかも、そんな話。シロちゃんって神様とか神社のこと以外も、けっこうお勉強しているの？」

「出雲までの旅を導くのが、神の使いのお役目だからね。それに自分で言うのもなんだけど、ボクは一族の中でも選《え》りすぐりのエリートだったからさ。生まれたときからいろんな知識を頭に叩きこまれてさ、人間でたとえるなら厳しい受験戦争を勝ちぬいてきたんだよ」

「なるほど。勉強のしすぎで、性根がねじ曲がったのか」

と、夜叉くんがまたもや律儀に悪態をつく。

シロちゃんも負けじと鼻を鳴らして、

「鬼のお前に言われたくないよ。でも一族の期待を背負っているという意味では、いっしょかもしれない。ボクはお役目のために、今まで必死にやってきたんだから」

当たり前だけど、シロちゃんにもそれなりの事情があったわけだ。

この健気《けなげ》な道案内さんのおかげでわたしはここまで走ってこれたのだから、たまにはねぎらってあげようと、茶色っぽくなってきた毛並みをタオルで優しく拭いてあげる。

おかげできれいさっぱり。

琵琶湖の水にも感謝しなくちゃと手を合わせると、

「へえ、カンナも一礼するようになったんだね」

「うん。こういうところにだって、神様はいるんだろうなあと思って」

「そう感じてくれるようになったのなら、神の使いとしてのお役目をきちんと果たせているんだなあって実感できるよ」

シロちゃんがそう言って満足げな顔をするものだから、わたしもつられて嬉しくなってしまう。だけど夜叉くんだけは焦れたように背後で腕を組んでいて、

「で、馳走はどこだ?」

「向こうに建っている、立派な鳥居に決まっているでしょ」

シロちゃんの視線の先に目を向けると、山辺の林に真っ白な石の鳥居が佇んでいて、そこには須賀神社と記されていた。琵琶湖ばかりに目がいって、わたしも言われ

るまで気づかなかった。でも、

「鳥居はあっても、神社が見当たらないんだけど……」

さらに先へ視線を移すと、ひたすら石段が続いていて、山のうえまで延びている。

まさか、これって、

「山のうえに神社があるの!?」

「そう、山の神様にお参りするんだからね！」

琵琶湖の景色に負けないくらい清々《すがすが》しい表情のシロちゃんに言われて、わたしは唖然としてしまう。力なく石段の間近まで歩いたあと、一縷《いちる》の望みをかけて夜叉くんに救いを求めるも、こちらは急にコーチ顔。鳥居にもたれながら、さっさと行けと言わんばかりに手の甲でぺっぺと払ってくる。

なによあれ、部活の先生じゃないんだから。鬼コーチめ。

とはいえシロちゃんがやる気満々な様子で石段の前に進むから、わたしだって覚悟を決めなくちゃいけない。終わったら絶対に休憩をもらおうと心に誓って、鳥居をくぐる。

気分はトラックのスタート地点に立つ陸上選手。いざ長く長く続く石段の参道へ。

この際だから勢いに任せて、一息で駆けあがる！

……と思ったのだけど、やっぱり足が重くて全然だめだった。

先にダッシュを決めたシロちゃんの背中がどんどん遠ざかる。出世の石段のときもそうだったけど、ぴょんぴょん跳ねていくぶん、傾斜があるところはうさぎのほうが有利みたいだ。

でも、わたしの走りがほとんど歩くペースになってきたころ、坂道の先で豆粒のように小さくなっていたシロちゃんが、ものすごい勢いで引き返してくる。

「えっ、ちょっと！　どういうこと!?」

「うあああああああああっ！」

返事の代わりに叫び声。

シロちゃんの背後に……なんかいる！

「ひ、ひいいいいいいいっ！」

わたしも同じように叫び声をあげて、慌てて来た道を引き返す。

巨大な緑色の、玉。

映画に出てくる迷宮に仕掛けられているような、定番のトラップ。

シロちゃんと並んで鳥居の前まで猛ダッシュ。すると、ひとりだけ先にくつろいでいた夜叉くんを見つける。迫りくる大玉に気づいて、ぎょっとしたような顔。

「助けてえええっ！」

「無茶を言うな！」

あ、逃げた。さすがは鬼、薄情にもほどがある。

結局わたしとシロちゃんはぺちゃんこにされて、実は苔《こけ》の塊だった大玉のせいで全身緑色になってしまう。タオルで拭いて、泥を落としたばかりだっていうのに。

恨みがましく見あげると、苔むした大玉から枝のような手が伸びてきて、とっくりからひょうたんにトクトクとなにかが注がれていく。この匂いって確か……。

「お酒？」

「山の神っていうのは、お酒の神様であることが多いからね」

見れば留守神様らしき苔玉は、ほろ酔い気分なのか「ひっ！」と気持ちよさそうなしゃっくりをあげる。まるで週末にくつろいでいるときの、お父さんみたい。

そう思うと苔でべちゃべちゃにされた怒りも失《う》せてきて、わたしはやれやれとため息を吐く。それから再びさっぱりしようと、琵琶湖に戻ることにした。

◇

滋賀を抜けた先は、古きよき街並みが広がる京都。さすがに神社やお寺がいっぱいあったけど、風情ある景色と同じくらい神様たちも奥ゆかしく、馳走集めはなんなく進んだ。

そのうちにやがて、海の京都とも呼ばれているエリアの絶景、天橋立《あまのはしだて》にたどりつく。

「あそこに見えるのが『三人寄れば文殊《もんじゅ》の知恵』で有名な、智恵の湯だよ」

「え？……ほんとだ。しかも足湯に入れるって」

ほかほかと湧きあがる湯気につられて、わたしたちはふらふらと智恵の湯に向かう。みんなで揃って足湯に浸《つ》かり、はあーとため息。

とまあそんな感じでリフレッシュしつつ。

兵庫《ひょうご》では金毘羅《こんぴら》様のところで小豆《あずき》の馳走をいただき、出雲へ向かってさらに進んでいく。走りながらあらためてひょうたんを抱えてみると、ずっしりとした重みを感じられるようになっていて、秋の恵みをいっぱい集めたんだなって実感することができた。

重くなればなるほど、お母さんに近づいているように思えてきて。だから肩に食いこむほどになったひょうたんを抱えて走っていても、まったく苦にならない。

そうやってペースを上げていくうちに、気がつけば鳥取県に足を踏みいれていた。

ここまで来れば、出雲まであと一歩。

山林に囲まれた道をしばらく進んでいると、ふいに潮の香りがぷんと漂ってきて、

「もしかして、海に出るの？」

「鳥取に入ったわけだからね。あちらに見えますのが我らが誇る日本海ー！」

そう言われて顔を向けると、視界いっぱいに青々とした海と、その先にある水平線が広がっていた。海岸沿いの土地にはこれまでにも何度か通りかかっていたのだけど、やっぱり出雲がある島根のすぐ手前、鳥取から眺める景色となれば受ける印象は変わってくる。

学校の下校途中、ミキと誘いあって寄り道ツアーをしていたときのことを思い返すと、こんなにも遠くまで走ってきたことが不思議でならない。

しかもうさぎや鬼、龍や様々な姿をした神様まで――まさに別世界に迷いこんだような、壮大な旅をしてきたのだ。

道中の記憶を振り返りながら進んでいると、やがて山手のほうに、

「ずいぶんと立派そうな神社が見えるけど、やっぱり今から馳走をいただきに行くの？」

「ええと、あそこにはわざわざ立ち寄る必要がなくってね、だから素通り」

てっきりまた得意げに解説するのかと思いきやそんなこともなく、どころかやけにそわそわとしはじめて、シロちゃんは先を急ごうとする。

わたしはその反応を不思議に思いつつ、山の縁から海岸線へと降りる参道に駆けよっていく。せっかくだから、この土地の神様にもご挨拶していこうっと。

「こら！　だからそっちはルートじゃないんだってば！」

「さっきからなんで焦っているの、シロちゃん」

「この地は因幡の素兎の眷族《けんぞく》にとっての故郷。そして今いるところは白兎神社、シロのやつにしてみれば実家みたいなものだ。だからほいほい、あがりこまれたくねえんだろ」

「あー、そういうこと。でもだったらなおさら、ご挨拶したほうがいいんじゃない？」

「だーかーら！　うちはいいんだって！」

「シロちゃんのお母さんとかもいるのかな。この機会にお礼を言っておかないと。シロちゃんのおかげでわたしもお母さんと会えそうです、ってね」

なんて言いながらさらに先へ進もうとすると、シロちゃんがスニーカーにかじりついてきて、必死の形相で引きとめようとする。どうしてこうも近寄りたくないのか不思議に思っていると、なんとも変わった姿の石碑が見えてきて、

「うわ、シロちゃんみたいなうさぎの像がいっぱい」

「もういいでしょ！　先へ行こうよお！」

シロちゃんはそう言って、へそを曲げたようにぷいと顔を背ける。

普段はマイペースな道案内さんが珍しくうろたえているから、その姿を微笑ましく感じていると……海岸線のほうから様子を眺めていた夜叉くんがたまりかねたように、

「おいおいおい！　そんなことやっていたら日が暮れちまうぞ！」

そう言われて振り返ると、海の向こうで傾きつつあるお日様が目に入ってきた。

シロちゃんは飛びつくように夜叉くんのもとへ駆け戻り、

「ほら！　間にあわなくなったんじゃ、ここまでの努力が水の泡《あわ》だよ！」

「はいはい」

それでも一応は感謝の気持ちをこめて、参道の先に見える神社に一礼する。すると大勢のうさぎが鳥居のそばに集まって、こちらに手を振っているのが見えた。

シロちゃんは恥ずかしがっているけど、地元の仲間は応援してくれているみたいだよ。

第五章◆闇からの誘い

1　島根・美保関《みほのせき》～出雲路　猪目《いのめ》海岸

海沿いの道を走っていると、水平線の向こうに沈んでいくお日様の姿がよく見えた。

鳥取に着いたときはまだ、傾いてきたかな？　というくらいだったのに、秋の空は暮れるのが早いという言葉の意味を、あらためて実感する。

だから『島根』と書かれた看板を見たときは、心の底からほっとした。

シロちゃんによると馳走を集めるお役目もいよいよ最後で、残るはお祭りが催される出雲に届けるだけだから、今のペースなら十分に間に合うはずだという。

とまあそんなわけで……記念すべきラストを飾る留守神様は、わたしでさえその名前を知っているほど超有名な、恵比寿《えびす》様こと事代主神《ことしろぬしのかみ》様だった。

場所は松江《まつえ》の美保神社。商売繁盛のご利益がある恵比寿様を祀る社の中でも国内最大級とあって、諏訪大社にも負けないほどの神々しい雰囲気に満ちている。

なによりも感動したのは湾に寄りそった鳥居や参道で、夕日に照らされてオレンジ色に染まっていく海と神社の美しさは、長い旅で疲れたわたしの心に深く染みいってくるようだった。

「──ほっほっほ！　はるばると、ようござっしゃいました」

「もう、なかなかに大変でした」

陽気に笑う恵比寿様に、シロちゃんはしみじみとそんな言葉を返す。

美保神社に向かいあう美保関の海べりに漂う、一隻の小舟。

小さな太鼓橋を渡って、湾にせり出した小島からご挨拶をするわたしたちを横目に、恵比寿様はちゃぷんと釣り糸を垂らしつつ、

「こげにこまいこどもが韋駄天とはねえ。時間もそんなにねえけど、大丈夫かえ？」

「いや、こいつは実際たいしたやつです」

「やると決めたら、聞かないほどにね」

夜叉くんとシロちゃんが珍しくいっしょになって褒めてくるから、わたしはなんだか恥ずかしくなって、内心の喜びをごまかすように鼻をかく。

そっか。普段は口が悪いけど……それでも、認めてくれていたんだね。

恵比寿様はわたしたちをしげしげと眺めながら、やがて納得したようにうなずいて、

「そげか。じゃあ頼んだがね。最後の馳走は、格別な縁起ものよっ！」

ほっという威勢のいいかけ声とともに、勢いよく釣りあげられる大きな鯛《たい》。

真っ赤な鱗《うろこ》が夕日に照らされて、燃えるようにきらきらと輝いて——空中で放物線を描きながら地面に落ちそうになった馳走を、わたしは華麗にキャッチ。ところが、

「ぎゃあ、びちびち跳ねる！　びちびち跳ねるんだけど！」

「そりゃ鯛だって生きているわけだからね、必死に逃げようとするさ」

「最後の最後でなにやってんだお前は……」

夜叉くんとシロちゃんに助けられて、やたらと活《い》きのよかった鯛をひょうたんに入れる。

わたしが「ありがとうございます！」とお礼を言うと、すぐさま「だんだん！」と方言らしき言葉が返ってくる。その素朴な響きに心地よさを感じていると、

「ひとりじゃないけえ背負いすぎず、身体に気をつけないぃ」

「はい！」

「よし、さっさと行くぞ！」

「そうそう、まにあわないと、意味ないからね！」

わたしたちは揃ってもう一度頭をさげてから、出雲へ向かう道に舞い戻る。恵比寿様は朗《ほが》らかな笑みを浮かべたまま、夕映えに揺れる船の上から見送ってくれた。

◇

美保神社のあった松江から、いよいよ出雲へ。

出雲路にまたがる宍道湖《しんじこ》に沿って走っていると、美術館にそのまま飾れそうなくらいの、夕陽が湖に沈む景色を拝むことができた。

茜色《あかねいろ》に輝く湖面の真上に、雲に挟まれた白い月が浮かんでいる。

馳走を集め終えた喜びからここまで一気にペースを上げてきたものの、日が暮れるごとに疲れが滲むように押しよせてきて、次第に息をするのも苦しくなってきた。

だけど最後のひと踏ん張りだからと、わたしは弱音を吐かずに走る。

そうして湖畔を抜けて海岸沿いの道に入ると、シロちゃんがこちらを振り向いて、

「そろそろ、休憩しようか」

「確かに。実はもう、くたくたで……」

「ゴールの手前だってのに、またかよ。これだからニンゲンは」

「まあまあ。出雲まで目と鼻の先のところまで来れたし、ラストスパートに向けて休みを取ろう。今は酉《とり》の刻。お祭りまであと一刻だけなら猶予はある」

というわけで、海岸沿いのキャンプ場に寄り道。

辺りはすっかり暗くなり、スローだった世界もようやく夜の色に染まっている。

わたしたちは火を囲んで寝転がり、誰ともなく頭上に広がる空を眺めはじめた。

数えきれないほどの星々が宝石のように輝き、静けさに包まれた世界を照らしている。

「すごい、こんな星空はじめて」

「都会じゃまず見れないもんね」

「ふん。そんなに興味があるもんか？」

とかなんとか言いつつも、あきらかに夜叉くんの目は輝いている。

わたしはその様子に呆れながら、

「こういうの、一番好きそうなくせに」

「嫌いではないが好きでもない」

「またそうやって。でも、本当にきれい。あともうすこしだね」

「……うん」

「どうしたのシロちゃん。こういうとき一番はしゃぎそうなのに、浮かない顔して」

「名残惜しいとかそういうやつじゃないか？　なにせお前に懐いていたからな」

「いやいや、ボクをペットみたいに言わないでよ！　ていうかお喋りしていたら休憩にならないでしょ。ここまで来たんだから最後まで油断しないように、寝よ？」

シロちゃんがやけに強い調子で言うものだから、わたしと夜叉くんは顔を見あわせたあと、そのままおとなしく眠ることにした。

◇

疲れすぎていると逆に眠れないんだよーなんて、夜勤明けのお父さんがよくリビングでごろごろしながら呟いていたけど……あれって本当のことだったんだなあ。

時間が経つほどに目が冴《さ》えてきて、わたしはむくりと起きあがる。

シロちゃんは綿毛のように丸くなったまま、さっそくいびきをかいている。夜叉くんも普段は離れたところで休むのに、今はすぐそばで気持ちよさそうに眠っている。

旅が終わればみんなとお別れ。名残惜しいとか寂しいとかそういう気持ちも、こうしていると確かに、心の中から湧きあがってくる。

だけど今、わたしが一番に感じているのは……。

不安。

なぜだろう？

そう考えはじめたときにふと、以前からたまに感じていた、あのざわざわとした感覚がよみがえってくる。忘れかけていたのに、今になって突然に。

お母さんに会いたい。その一心でここまで走ってきた。

出雲にはこの世とあの世を繋ぐ場所があるというし、天に召されたお母さんは、きっと神様としてお祭りにやってくる。わたしはここまで頑張ってきたのだから、あともうちょっとで目的を果たせるはずだ。

けど、いざ会ったときになんて話そうとか、そういうことを想像してみると、だんだんと怖くなってくる。

話したいことはあるし、話さなきゃいけないことだってある。でもそれが許してもらえなかったらとか、うまくできなかったらとか。普段なら絶対に大丈夫って自分に言い聞かせることができるのに、どういうわけか今は全然、そんなふうになれない。

もしかするとわたしは――。

「どうした、眠れないのか」

ふいに、夜叉くんに声をかけられた。いつのまにか目を覚ましていたらしい。

わたしがこくりとうなずくと、砂浜のほうをくいと指さして、

「なら散歩でもするか。オレもすこし、夜風に吹かれたい気分だ」

「え、ああ、うん」

突然の誘いに戸惑いながらも、ふたりで並んで海岸沿いを歩く。

星空を眺めながら夜のお散歩なんてドラマみたいだけど、わたしと夜叉くんじゃロマンチックな雰囲気になりようがない。というより、うかうかしていたら問答無用で置いていかれそうなペースだ。前を行く背中を慌てて追いながら、

「そうだ。夜叉くん、さっきはありがと」

「は？　なんのことだ」

「恵比寿様に言ってくれたじゃん。たいしたやつだって」

「…………」

夜叉くんからの返事はなくて、どころか距離がどんどん離れていく。

わたしは負けじと歩くペースを速めながら、

「なんだかちょっと嬉しかったんだ。この旅をとおして、そう思ってもらえるようになれたのかなって」

せっかく素直にお礼を言ってあげているのに、夜叉くんは相変わらず背中を向けたまま。

でも、

「そうだな。すこし弥生を思いだした」

「どういうこと？」

「似ているところがある。その負けん気も、諦めの悪さも」

一応は褒めてくれているのかな。ただ嬉しい反面、不安な気持ちも強くなった。

だってまだ全然、足りない。

わたしはお母さんみたいに、走れていないのだから。

ざわざわと、あの嫌な感じがまた、心の奥底から湧きあがってくる。

まるでいつもの自分じゃないみたい。

日暮れと同時に、別人になってしまったような。

そのまま黙りこくっていると、夜叉くんが唐突にこんなことを言った。

「オレは幼《おさな》いころからずっと孤独だった。親と呼べるものも、友と呼べるものもいない。鬼の一族の末裔……その族長の、忘れ形見としてこの世に生を受けたからだ」

「え？」

「弥生に話した昔ばなしだよ。龍神様のところで、お前に負けたわけではないが勝ったわけでもないからな。ちょっとくらいは語ってやろうかという気分になっていたところさ」

夜叉くんはそこでふんと、鼻を鳴らす。

いつもの照れ隠し。だからきっと、これから大事な話をするつもりなんだ。

「とはいえ正直、つまらん愚痴のようなものだぞ？　盛りあがるところもなければオチもない。同年代の鬼たちにはえこひいきだ特別扱いだと妬《ねた》まれて、大人たちには期待外れだの鬼神の末裔にあるまじき痩軀《そうく》だと失望される。事実、オレは成長が遅く、体格では里にいる鬼の誰よりも劣《おと》っていた」

わたしは口を挟まずに聞いていた。

夜叉くんが抱えていたもの、必死さの奥にあった感情が、痛いほどに伝わってきて。

「ただ……走っているときだけは、オレは自由だった。ただ速く、定められたところへたどりつけばいい。実に単純で、それゆえに奥深い。好きこそものの上手なれとはよく言ったものだな、気がつけばオレは早駆けであれば、誰にも負けぬほどになっていた。こうして一族の代表として選ばれ、オレを妬み、失望していた連中を見返すことができたわけだ」

「なんだよかったじゃん。盛りあがるところもちゃんとあったし」

「そうか？　まあさらにオチをつけるとすれば……そのあとで弥生に負けて、ようやく手に入れたプライドをべこべこにへし折られるところか」

それを聞いたわたしは、思わず苦笑い。とはいえ本人はあんまり嫌そうじゃないし、きちんと話を聞けてよかったとも思う。

「誇り高き我らの一族が、韋駄天との因縁により堕落したことは事実だろう。鬼神とも謳《うた》われた祖先の築いた地位が獄卒かのように扱われているのだから、耐えがたきことこのうえないと、里の者たちが感じてしまうのは無理もない。だが――」

夜叉くんがこちらを振り返って、ふっと笑みを向ける。

すっきりしたような、穏やかで、優しい顔。

「神具を奪い、韋駄天にとって代わりお役目を果たすことが、本当に神の末席に返り咲くことに繋がるのかと、今では少なからず疑問を抱いている。過去の因縁に縛られたままでいることこそが、鬼神の末裔であるという誇りを貶《おとし》めている結果になってはいまいか。この旅をはじめて、お前を見ているうちに、自分でもわからなくなってきた」

最後まで聞き終えたあと、わたしはなんて答えたらいいのかわからなくて、また黙りこくってしまう。

夜叉くんの話は今の自分にとってはまだまだ難しくて、とてもじゃないけど軽々しく意見を言えるものじゃない気がして――ただなんとなく、羨《うらや》ましいなって思った。

出会ったばかりのころより晴れ晴れとしていて。走っているときと同じように、その背中がどんどん先へ進んでいるような気がして。

「もしかすると弥生も、今のオレと同じような考えを持っていたのかもしれないな。韋駄天のお役目がいかに大事であるかは理解していたようだったが、血筋であるとか末裔であるとか、そういったものに縛られることを拒《こば》んでいたようにも思える」

「……お母さんが？」

考えたことなかった。

けど、言われてみればそのとおりだ。

だってわたしは、お母さんや自分が韋駄天の末裔だなんて知らずにいたのだから。

「留守神様たちも言っていたじゃないか。このような小さきニンゲンのこどもで務《つと》まるのかと。それほどに韋駄天の使命は過酷で、おおいなる責任をともなう。弥生自身は納得していたようだが、娘であるお前に継がせようとは考えていなかったはずだ」

「じゃあお母さんがいなくなったとき、夜叉くんは――」

「誰もやらぬというのであれば、やりたいやつがやるべきだ」

その言葉の意味を考えて、やがて理解してしまう。

夜叉くんが韋駄天のお役目を奪おうとしたのは、鬼の一族の末裔だからってだけじゃない。お母さんの娘であるわたしに、背負わせないためでもあったのだと。

「ごめん……」

「謝る必要はない。オレも留守神様たちも、お前が韋駄天を継ぐべきだと認めた」

わたしは首を横に振る。みんなが認めてくれても、自分の中にあるお母さんが、認めてくれていない気がして。

「やっぱり全然、似てないよ」

「は？」

「お母さんみたいになりたいって思っていた。でも」

「それはお前がまだ、こどもだから」

「違うの。わたしがもっと速く走れたら、あんなふうになっていなかった」

「あんなふう？」

夜叉くんが心配そうな顔をする。

普段はそんな態度なんてしないくせに、今はその優しさがものすごく痛くて。

だから——。

「お母さんね、わたしのせいで死んだの」

「なん……だと!?」

「だからはじめは、お母さんと会いたいけど、会いたくないとも思っていたんだ」

戸惑うばかりの夜叉くんに構わず、わたしは淡々と語りはじめる。

そうしていないと、弱さを見せてしまうことを、我慢できそうになかったから。

「でも、だんだんお母さんのお役目がわかっていくうちに、自分が代わりに役に立てるならって――ちゃんと出雲まで走れたら、会ってくれるかなって」

そう言ったあとで、まぶたを閉じる。

息を吸って、吐いて。走りだすときと同じように、準備をする。

思いだしたくない。

それでも夜叉くんがしてくれたように、わたしは昔ばなしをはじめようとする。

きっと今ここで、やらなくちゃいけないことだから。

2　さよならの記憶

わたしはお母さんと走るのが大好きだった。

幼いころは隅田川《すみだがわ》沿いのマラソンコースで、よくいっしょに練習をした。お母さんは本当に速くて、自分たちと同じように走っているほかのランナーたちを、しなやかなフォームでどんどん抜いていく。

誰よりも負けず嫌いで、それは娘であるわたしに対してもいっしょで、手加減なんてするつもりはまったくなさそうで、いつも、

「ほらほら、置いていっちゃうよー！」

「待って、お母さんーっ！」

わたしは短い手足でばたばたと、遠くなっていく背中を追いかける。

お母さんは、わたしの自慢だった。

どんなときでも笑顔で、明るくて、走っているときはきらきらと輝いていて。

だから自分もいつか、お母さんみたいに走ってみたいって、ずっと思っていた。

でも——。

◇

それは一年前、マラソン大会を翌日に控《ひか》えた夜のことだった。

お母さんに縫いつけてもらったゼッケン入りのユニフォームを部屋に飾って、わたしはドキドキとしながらベッドで横になっていた。

明日が待ち遠しくて、そのせいか寝つきがいつもより悪くて。

ふいにガタンと物音がして、わたしは目を覚ましてしまった。

台所のほうだったかな。気になって、様子を見にいく。

そうしたらお母さんが流しのところで、ぐったりしたようにかがんでいて。

びっくりしたわたしは慌てて駆けよって、

「お母さん、どうしたの？　大丈夫？　……お父さん呼んでくる！」

けど、そこでぐいっと手をつかまれて、

「大丈夫よ。ちょっとめまいがしただけだから」

そんなふうに言ってくるけど、額に汗がにじんでいるし、顔だって真っ青だし、どう見たって調子がよさそうには見えない。わたしはものすごく不安になってきて、

「お母さん、明日、マラソン大会に来るの――」

「心配しないの。明日は早いんだから、もう寝なさい。ほら、寝不足だといい走りができないぞ」

「うん……」

わたしはうなずくしかなかった。

マラソン大会の前日、病院から一時帰宅してきたお母さんに、大丈夫じゃないでしょ？　なんて言ってしまったら——それが本当になってしまう気がして。

お母さんが自分で言っているみたいに、心配することなんてなにもないんだって、わたしも信じたくって。だからその痩せ細った手を振りきって、お父さんを呼びに行くことが、どうしてもできなかった。

……馬鹿だよね。

わたしは本当に、馬鹿なこどもだったんだと思う。

◇

そう、わかっていた。

お母さんが具合悪いの、わかっていた。

それでもわたしが頑張れば、お母さんだって頑張れるって。

手術前の大切な時期に、無理して見にきてくれたんだからって。

なのに——。

ぜえぜえと息を吐きながら、遠くに見える先頭集団を追いかける。

マラソン大会の終盤戦。わたしは前日の寝不足がたたって、どんどんとペースを落としてしまう。ようやくゴールが見えてくると、すでにテープは切られていて、その向こう側には三人のランナーがたむろしていた。みんな無邪気に嬉しがったり、悔しがったり。

最後の直線にさしかかると、観客席のほうで声を張りあげるお母さんの姿が見えた。いつもより元気そうで、だけど無理をしているようにも見えて。

「カンナー！　頑張れー！」

晴れやかな笑みを向けながら、必死に手を振ってくる。

だけどわたしはそれに、応えることができなかった。

◇

◇

こんな紙切れ一枚じゃ、きっと全然、足りないはずだ。

ほかの生徒に負けたことよりも力になれなかった自分が許せなくて、こみあげてきそうになる涙をこらえているうちに、入賞の表彰状はくしゃくしゃになってしまう。

一等賞のトロフィーを、二位か三位だったとしてもきらきらと輝くメダルを手渡せば、手術を控えたお母さんに元気をあげられる。そう信じていたのに。

ゴールラインのほうに顔を向けると、表彰台にのぼった生徒たちが、観客席からの喝采《かっさい》を浴びていた。担任の先生やクラスメイト、ミキの姿ももちろんあって、みんな笑顔で拍手して、トロフィーやメダルを受けとる生徒たちを羨ましげに眺めている。

……本当は、自分が表彰台に立っているはずだった。

いつもみたいに強がれる自信なんてなかったから、誰もいない校舎の隅に、隠れるようにしゃがみこむ。でも結局すぐにお母さんに見つかって、慌てて立ちあがったところを、ぎゅっと抱きしめられてしまった。

わたしが元気をあげたかったのに、これじゃあべこべだ。

振り返るとお父さんもいて、記念撮影をしようとカメラを構えていて、全然そんな気分になれなかったけど、こうなってしまうとさすがに逃げられなくて、おまけにお母さんが苦笑いをしながら、手を差しだしてくる。

だからわたしはポケットに隠しているものを、くしゃくしゃになった表彰状を仕方なく渡して。だけどそっと手が触れたとき、お母さんの手が怖いくらい冷たくて。

次の瞬間。

お母さんが、
倒れて。

お父さんが駆けよって揺り起こしても、
ぴくりとも、
動かなくて。

なにが起きたのかわからなくて。どうすればいいかわからなくて。

わたしは――。

「誰か！　救急車を！　早く！」

お父さんが必死に叫ぶ声を、聞いていることだけしかできなかった。

◇

「お母さん？」

返事をしてくれない。

ベッドに横たわったまま、眠ったように目をつぶっている。

「お母さん……」

手に触れてみると、やっぱり冷たいままで。

くしゃくしゃの表彰状一枚じゃ、元気なんてあげられなかったんだって、思う。

「お母さん、お母さん、おかあ──」

どうしてだろう。

悲しいのに、泣きわめきたいのに、なぜだか涙が出てこない。

心の中にあったはずのなにかが壊れてしまったみたいに、涙をこぼすことができなくて。

自分でもそんな自分が、信じられなかった。

気がついたときには真っ黒な服を着せられて、わたしはお葬式に出ていた。

誰の？

お母さんの。

そんなわけないって、叫びたかった。

でも親戚《しんせき》のおじさんやおばさん、近所の人、お母さんの友だち、それからお父さんまでお焼香をあげていて、わたしも言われるがままに、お母さんにお別れをする。
そのときも、涙は出なかった。
悲しいはずなのに、泣くことができなかった。
どこからともなく、ひそひそと、話し声が聞こえてくる。
『偉いわねえ。カンナちゃん、涙ひとつ見せなくて』
『まだ小五だって』『ご主人も大変よねえ』
『本当は絶対安静だったらしいのよ。なのに抜けだして、マラソンを見にいったとか』
『なんでそんな無茶なことさせちゃったのかしら』
我慢できなくなって、名前も知らないおばさんにつかみかかる。
「――お母さんとわたしの、なにがわかるんですか？」

◇

それから、しばらく経ったころ。
ひとりで学校から帰っている途中で、ふいに雨が降ってきて。

ぽつり、ぽつり。

次第に、ざーざーと強くなってきて。

傘を持っていなかったわたしは、慌てて走りだして。近所の神社、夜叉くんたちと出会ったところ、あそこの境内の軒下で雨宿りしていたとき。

濡れた身体を拭いているうちに、ぽつりぽつりと、わたしの中にも雨が降ってきた。そうなったらもうあっという間。ざーざーと降り続ける雨はわたしの泣き声もかき消してくれて、どれくらい時間が経ったのかもわからなくなってきたころ、心配したお父さんが、傘を持って迎えにきてくれた。

わたしは差しだされた傘をつきかえして、大丈夫って、言った。

お父さんは傘を放りだして、わたしを後ろから抱きしめてくれて。

雨が降り続ける中、ふたりでひとつの傘におさまって、なにも言わずに帰ったの。

誰も待っていない、明かりのついていない、わたしたちの家へ。

◇

「――わたしのせいなの。お母さんが死んだの、わたしのせいなの」

約束していたから。

誰よりも速くなるって、その姿を見せてあげるって。

だからお母さんは無理をして、手術前なのにマラソン大会にも来てくれて。

わたしもわたしで約束を守りたかったから、お母さんを止めようとしなかった。今だったらマラソン大会になんて来なくていいって、泣きわめいてだって止めるのに。

夜叉くんは静かに聞いていた。

話が終わってからも、お互いになにも言わなくて、ただ星空を見あげて。

しばらくしてからようやく、

「それで、どうするんだ？　弥生に会って」

「言うの。伝えるの」

「力になれなくて、ごめんなさいって？」

「うん、それもだけど。もう走るのやめていい？　って」

「……？」

「わたし、お母さんみたいに才能がないから。たぶんずっと前から自分でもわかっていたんだけど、言いそびれていたの。勝てもしないのに、走っていてもつらいだけだって」

夜叉くんはまた、静かに聞いている。

珍しく神妙な顔で、ただじっと、わたしの顔だけを見つめている。

「だから今度こそ、ちゃんと伝えなきゃって思って。わたしには向いていなかったって。神様ふうに言うなら、縁がなかったんだって」

また夜空を見あげながら、強がって、笑みを浮かべる。

韋駄天のお役目を最後に、わたしは走ることをようやくやめることができるのだ。

なのに、

「おかしいだろ」

「え？」

「お前、本当に走るのをやめたいのか。本心から、そう言えんのか」

夜叉くんがものすごい剣幕で、わたしに言葉をぶつけてくる。

出会ったときみたいな、いや、それ以上に、怒ったような顔で。

「だってお前、ここまで必死に走ってきただろうが。走るのをやめる？　まさかそのためにこんなに遠くまで駆けてきたっていうのか？」

わたしは、なにも返せなかった。

自分でもどうしてこんなに心が苦しいのか、わからなかった。

「それに、弥生といっしょに走っていたころのお前はどうなんだ。そのときの気持ちまで、なにもかもぜんぶ嘘だったたって、言えるのかよ」

夜叉くんが責めるようにまくしたてるから、余計になにも言えなくなる。

あれだけ邪険にしていたわたしをようやく認めてくれたのに、今になってこんな話をしたから怒っているのだろうか。

「夜叉くんはさ、走るのやめたいって思ったことはないの？」

ひとまず、話題の矛先をそらすことにする。

すると夜叉くんは小首をかしげてみせたあと、

「ん？　ああ、オレの親は族長だったからな、修行をやめるなんて選択肢があるわけない。鬼の一族は神の地位を追われてからというもの、代々その恨みを韋駄天にぶつけてきた。けど全然勝てなかったわけだし、それをオレの代でどうにかしろなんて、考えてみれば無茶もいいところさ」

それからまた、笑う。

気がつけば、怒っている顔と同じくらいに、笑っている顔を見るようになった気がする。

「とはいえ走っているときのほうがあれこれと悩まなくていいから、気楽っちゃ気楽だったけどな。結局のところオレは早駆けしか能がねえ、走ることしか考えられねえ。だからこそ韋駄天に勝って、それで――」

「それで？」

「いや、なんでもねえ」

さっきまでぺらぺらと喋っていたのに、ここにきて唐突に口をつぐんでしまう。夜叉くんは夜叉くんで、他人に話しにくいことや見せたくないところはあるのだろうし、まあいっかと思って、わたしはそのまま来た道へ戻ろうとする。

すると夜叉くんも同じように引き返してきて、

「この旅を乗り越えたら、もう一度勝負しろよ？」

走るのやめたいって、さっき告げたばかりなのに……そんなことはもう忘れたみたいな顔で、無邪気に誘ってくる。どうしようかなと思ったけど、わたしは結局、

「うん、わかった」

「オレはいっさい手を抜かないからな！　覚悟しとけ」

「そっちこそね！」

「へっ！　よく言うぜ、ノロマのくせに」

夜叉くんはにやりと笑う。まるで、何事もなかったみたいに。

でもきっと、わたしがさっき話したことを忘れたわけじゃないだろうし、わたしだって夜叉くんが話してくれたことを忘れたわけじゃない。

柄にもなくお互いに気を使って、普段どおりに振るまおうと意識していて——いつもと違う雰囲気に、なんとなくそわそわしはじめたころ、

「そういや、弥生とはどうやって会うんだ？　つーか、韋駄天のお役目となんの関係があるんだ？」

よくよく思い返してみれば、夜叉くんにはその話をしていなかったっけ。

わたしはとっておきの秘密を教えてあげるみたいに、

「知らない？　出雲にはあの世へ通じる場所があるんだって」

「……それ、誰が言っていた」

「シロちゃんだけど」

夜叉くんは眉をひそめて、しばらく押し黙る。

龍神様に、お母さんに会えることを話したときも、同じような反応をされた気がする。

「どうしたの？」

「ああ、そうか。じゃあ楽しみだな」

「うん」

わたしが返事をしたところで、焚火《たきび》のそばにたどりつく。

夜叉くんはその場でごろんと寝転がると、

「さて、寝るか。ぐずぐずしていると、間にあうものも間にあわなくなるからな」

「確かに。早く出ないといけないもんね。おやすみ」

夜叉くんの「おう」という返事を背中ごしに聞いたあと。

わたしはひょうたんをリュックの横に置いて、そのまま深い眠りについた。

3　洞窟《どうくつ》から響く声

『カンナ、カンナ』

どこからか、懐かしい声が聞こえてくる。

暖かくて、くすぐったくて、だけどかすかに、切なさを覚えてしまう声。

あ、また夢を見ているんだ。

お母さんの、お母さんがいたころの、わたしが幸せだったころの夢。

こういうとき、現実じゃないってすぐに気づくと、失敗したなって思う。

もうじき、目を覚ましてしまうから。

わたしはずっと――夢を見ていたいのに。

まどろみながら寝返りを打つと、ちろちろと燃えていた焚火はいつのまにやら消えていて、おっきなお餅《もち》みたいに丸くなっているシロちゃんと、思いのほか可愛らしい寝顔の夜叉くんの姿が視界に映った。

ちょっと、肌寒い。日が暮れているからかな。

そこで、がばっと飛び起きる。耳をすますと、夢の中でしか聞くことのできないはずの声が、風に乗って届いてくる。

目を覚ましているのに。ここは現実のはずなのに。

『カンナ――』

「お母……さん？」

やっぱり、気のせいじゃない。

わたしはひょうたんを肩にかけて立ちあがる。そして吸い寄せられるようにして、声がするほうへ向かった。

ここはもう、出雲のどこか。だったら――。

ふいに冷たい感触を覚えて顔をあげると、雨粒が空中で一時停止していた。海に面した土地だからか、狭い範囲で小雨《こさめ》が降っているらしい。

わたしはいったん立ちどまって耳をすます。

懐かしい声は、暗い道のほうから響いてきている。先を見すえると山の中でもないのに街灯すらついてなくて、すっかり暮れた海辺には、暗闇《くらやみ》だけが広がっていた。

なんか変だな。まだ、夢の中にいるみたい。

一瞬だけそう感じたものの、お母さんに会えるかもしれないと思うと嬉しくて、わたしはほのかな月に照らされた道を歩きだす。

『カンナ、カンナ、カンナ』

声はしだいに鮮明になっていく。わたしの足はだんだんと小走りになっていく。

ただひたすら、声がするほうへ。声がするほうへ。

なぜだか、ほかのことがうまく考えられなくなっていて。

海辺に走る道を出ると、その先に現れたのは、『猪目《いのめ》洞窟』という看板が掲げられた洞窟だった。

異世界まで繋がっているような、この世の裂け目みたいな亀裂《きれつ》がぽっかりと開いていて、わたしは思わず身震いしてしまう。でも、

『カンナ』

声は、洞窟の中から聞こえてくる。

勇気を振りしぼって洞窟に足を踏みいれて、わたしは震える声で呼びかける。

「お母さん……？」

暗く深い、穴。

その奥にはなにもいないように見えた。

結局、ただの気のせいだったのかもしれない。お母さんに会いたい気持ちが強まりすぎて、ご馳走を届ける前から寝ぼけてこんなところまで来ちゃうなんて、シロちゃんや夜叉くんに知られたら絶対馬鹿にされてしまう。困ったな、早く戻らないと。

そう思った、次の瞬間。

「カンナ」

「え？」

背後から声がして、わたしは思わず振り返る。

お母さん。

お母さんが、いる。

笑って、生きていたときと変わらない姿で、立っている。

信じられなかった。やっぱりまだ夢を見ているんだと思った。

けど、何度も頬をつねっても、まばたきをしても、お母さんはそこにいて。

「お母さん、お母さあああああん！」

嬉しさとか、不安とか、後悔とか、いろんな感情がごっちゃになって押し寄せてきて、今までずっと我慢していた涙がこぼれ落ちてしまう。

わたしは飛びかかるように抱きついて、でもお母さんは消えなくて、だからこれは夢じゃないんだってわかって、

「お母さん！　お母さん！　お母さん！」

赤ちゃんに戻ったみたいにわんわん泣きわめきながら、懐かしい匂いがする胸に顔をうずめる。

お母さんはわたしをぎゅっと抱きしめて、頭を優しくなでてくれた。

それから耳もとで、昔と同じ優しい声で、

「ずっと会いたかったわ、カンナ」

「わたしも、わたしも！　お母さん……うわあああああん！」

何度だって抱きしめて、泣きわめいて、恥ずかしいって気持ちなんてもう全然なくって、お母さんの胸の中で、ありったけの思いをこめて甘えてしまう。

シロちゃんの言ったとおりだった。

出雲に向かえば、お母さんに会える。

わたし、頑張ったから。龍神様も夜叉くんも認めてくれたし、思っていたより早かったけど、天に召されたお母さんが神様になって来てくれたんだ。

ここまで走ってくるのは大変だったし、つらかった。

だけど今は心の底から、よかったと思えた。

◇

ひとしきり涙を流しきったら、ぼんやりとしていた頭が鮮明になってくる。

わたしははっとして、

「シロちゃんと夜叉くんが心配しているかも」

お母さんを連れて早く戻って、みんなのおかげで会えたよって、お礼を言わなくちゃ。だけどなんでか、腕を強くつかまれて、

「いいのよ。もういいの。カンナが気にする必要ないの」

「でも、お役目が」

「ずっと我慢していたんでしょう？　ずっと無理していたんでしょう？　あなたはた

だ、私に会いたかった。そのために韋駄天のお役目を全《まっと》うするフリをしていた。違う？」

「そ、それは……」

お母さんにそう問われた瞬間、心臓がどきりと高鳴る。自分でも気づいていたけど、ずっと考えないようにしていたことを、言い当てられてしまった。

出雲へ向かう旅路で、留守神様たちから馳走をいただくたびに――その中に込められた思いを知ってからは、心の中にあった罪悪感はいっそう強くなっていた。

「本心ではお役目なんて、どうでもよかったんでしょう？」

わたしもわたしで、本当のところはどうだったのかなって、考えはじめる。

山道を走っているとき。

なんでこんな苦しい思いをしなくちゃいけないのって、思った。

夜叉くんが意地悪をしてきたとき。

なんで馬鹿にされたりからかわれなくちゃいけないのって、思った。

シロちゃんが無茶なことをさせようとしてきたとき。

なんでわたしだけひどいめにあわなくちゃいけないのって、思った。

「いいのよ。ヒトのことなんて考えなくて」

お父さんが、仕事から帰ってくるのが遅かったとき。

わたしは冷めてしまった夕食をレンジで温めながら、気にしないでって笑った。

エレベーターから降りる親娘に、手を振ったとき。

あなたたちは幸せそうでいいねって、思いながら笑っていた。

ミキと寄り道をしているときに。

先生やクラスメイトの前でおどけてみせるときに。

わたしは笑って、
笑って、
笑って、
笑って、

「もう我慢しなくていいの。無理しなくていいのよ」

ああ、そっか。お空のうえで、ずっと見ていたはずだから。

帰り道でミキと別れたあとも、スーパーで買いものをしているときも、同い年の子たちが遊んでいる公園を横ぎったときも――わたしがどんな顔をしていたかなんて、お母さんはぜんぶ知っているんだ。

つらかった。苦しかった。

けど、大丈夫なフリなんてしなくていい。我慢しなくても、いいんだ。

「もう、走らなくてもいい？」

「もちろんよ。走りたくなければ、走らなくていい。我慢しなくていいの。これからはお母さんといっしょに、ここで暮らしましょう」

お母さんをぎゅっと抱きしめて、もう二度と離れませんようにと、強く願う。

すると次の瞬間、洞窟の奥から光がほとばしってきて。

わたしは柔らかな風に、包まれていく。

4　幸せな世界

『まったく。どこに行ったんだ、カンナは』

『誰かに狙われていないか心配だよ。辺りにほかの神様の気配はなかったけど』

『お前が見逃しているんじゃないのか？』

『それはないよ。ボクはすべての神様を学んできたんだから。それこそ新しい神様でも生まれてこないかぎり――』

『どうした、なにか心当たりでもあるのか』

『カンナは東京からずっと、背後を気にしていた。誰かに見られているような気がするって、呟いていたこともあったよ。あれがもし、気のせいじゃなかったとしたら』

◇

うつらうつらとしていたところで、誰かの声が聞こえた気がして、

「ねえミキ。今、呼んだ？」

「え、どうしたの急に」

「カンナと神様がどうとか、聞こえた気がしたんだけど」

「こんなときに寝ぼけないでよー。まさかマラソン大会の前日に夜ふかししてゲームでもしていたの？　ほら、もうみんな集まっているから」

ミキに呆れた顔でそう言われて、わたしは首をかしげつつもスタートラインに向かう。昨日あまり眠れなかったのは事実だし、寝ぼけていたのかもしれない。

「今日は負けないからね、ミキ」

「うん。カンナのお母さんも、元気そうでよかったね」

わたしはにっこりとうなずく。

観客席に視線を移すと、ビデオを構えたお父さんの隣にお母さんがいて、今日はいつもより体調がよさそうに見えた。最近は病状も安定してきたってお医者さんが言っていたし、マラソン大会で勝ってトロフィーを渡せば、手術前に元気をあげられるはずだ。

「位置について、よーい」

パンと乾いた音が鳴るなり、わたしは華麗にスタートダッシュを決めた。

寝不足だったから不安もあったけど、今日はなぜか身体が羽のように軽くて、そのまま一気に先頭集団のトップにおどりでる。

ミキの驚いた顔。そんなに遅いと、置いていっちゃうよ。

観客席から手を振っているお母さんの姿も見えて、

「カンナ！　頑張れー！」

みんなの声援を一身に浴びながら、金メダリストみたいにゴール！

すごい。

こんなに速く走れるなんて、自分でもびっくりだ。

まるで本物の韋駄天みたいに――あれ、韋駄天ってなんだっけ。

まあいいや。とにかくわたしが一等賞！

◇

担任の先生やクラスのみんな、そしてミキの笑顔に囲まれながら、校長先生からトロフィーを受けとると、観客席からパチパチと拍手が鳴り響く。

お父さんも大喜びで、カメラを構えている。

もちろん、隣にはお母さん。

痩せこけていた頬や、枯れ枝のように細かった腕もいつもより健《すこ》やかに感じて、わたしの走る姿を見てだいぶ元気を取り戻したように見える。

だからあともうちょっと。

トロフィーを渡して、病気なんてふっ飛ばしてしまおう。

「お母さん！　頑張ったよわたし！　お母さんも手術くらい、へっちゃらだから！」

「おめでとう、カンナ。よかったわね」

今が最高に幸せ。

お母さんの胸に顔をうずめると、見違えるように血色のよくなった腕が伸びてきて、わたしの頭をそっとなでてくれる。

「お母さんも、カンナから力がもらえるわ」

「うん！　お母さんを元気にしたくて頑張ったんだよ！」

わたしは自信たっぷりにそう言うと、大事に抱えてきたトロフィーを渡し――。

あれ、トロフィーじゃない。

なにこれ。ひょうたん？

どうしてここに、こんなものが……。

なのにお母さんは構わず、手を伸ばしてくる。

「カンナの頑張りが、たくさん詰まった重さだわ」

わたしはひょうたんを、トロフィーだったはずのものを、地面に落としてしまう。

底のほうがやけに熱くて。

不思議に思ったところで、唐突にふっと思いだす。

そうだ。ひょうたんの中に、入れておいたのだった。

ええと、なんだっけ。

牛の神様からもらった、厄除けの……お守り？

すると次の瞬間、どこからか声が聞こえてきて、

「ここか！」

「カンナ！　大丈夫⁉」

目の前にいきなり巨大な鬼と、凶暴そうな白い獣が現れる。

なにこれ、いったいどういうこと……？

悪夢の中から飛びだしてきたようなバケモノの姿に、思わず腰を抜かしそうになってしまう。それでも早く逃げなくちゃと焦りながら視界をさまよわせると、目の前には真っ暗な洞窟が広がっていた。

さっきまで校庭にいたはずなのに――いや、本当にそうだっけ？

なぜだろう。冷静になろうとするたびに、戸惑いがさらにおおきくなっていく。視界に映るものすべてが歪んでいるような、言いようのない違和感が押しよせてくる。

「なにやってんだ、目を覚ませ！」

「だめだ、ボクたちのことがわからなくなっちゃっているよ！」

わけのわからないバケモノたちが、わたしに向かってわけのわからないことを言う。怖くなって後ずさると、お母さんがかばうように前に出てきて、

「カンナ！　あんなやつらの言葉に惑わされないで！」

暗がりの中で浮かびあがるその横顔は、今までに見たことのないくらい怖い表情をしていて――守られているはずなのに、どきりとしてしまう。

「思いだせ！　お前には大事なお役目があるんだろ？　こんなところにいていいのか」

「そうだよ、キミに大切な馳走を託した神様のこと、思いだしてよ！」

神様……？

バケモノたちはまた、わけのわからないことを言っている。

「黙りなさい！　ここはカンナの世界。カンナが望んだ、本当の世界。あなたたちが踏みこんでいい場所じゃない！」

お母さんの足もとから、黒い靄のようなものがあふれはじめる。

それはまるで蜘蛛《くも》かなにかみたいに、バケモノたちに向かって伸びていった。

「ちっ！　ようやく本性を現しやがったか！」

「夜叉、気をつけて！　相手はまだどんなやつかわからないんだから！」

「カンナは渡さない！　カンナは私のものよ！」

無数の黒い靄が、ざわざわと、洞窟全体に広がっていく。

その直後——。

「カンナ、危ない！」

白い獣が、悲鳴のような声をあげる。

黒い靄が洞窟の壁と衝突し、砕《くだ》けた破片の一部がこちらに飛んできた。

なのに、足がすくんで動けない。

「……ぐっ！」

目の前に、大きな背中。

お母さんじゃなくて、鬼のほうが、かばってくれていた。

その姿を見た瞬間、似たような光景が頭をよぎって、はっと息を呑む。

膝から真っ赤な血があふれでているというのに、わたしに怪我《けが》がないことを確認すると、鬼のバケモノは安心したような顔を向けてくる。

そうだ。

このバケモノは、恐ろしいはずの鬼は――最初からずっと、守ってくれていた。

「いい加減、目を覚ませ。オレの知っている弥生は、自分の娘を立ち止まらせるようなことはしない。そして、傷つけるような真似は、絶対にしない！」

お母さんが、バケモノみたいな顔で、わたしを見る。

巨大な鬼も――夜叉くんも、優しい顔で、わたしのことをじっと見つめている。

「お前だってわかっているはずだ。こいつが偽物であることを」

そう――そうだね。そうだった。

これはわたしが望んだこと。わたしが望んだ、在りはしない世界。
現実じゃないって気づくと、やっぱり失敗したなと、思ってしまう。
もうじき、目を覚ましてしまうから。
優しくて、くすぐったくて。
懐かしかったその声と、お別れしなくちゃいけないから。
わたしは幸せな夢から覚めることを受けいれて、小さく一度だけうなずいた。
「あぁぁぁぁぁぁあああっ」
お母さんの姿が崩れていく。黒い靄の塊に変わっていく。
周囲の景色も歪んで。
闇に包まれていた異世界は、ほのかな灯《あか》りに照らされた現実の洞窟に戻っていく。

◇

すべてが元通りになると、わたしは力が抜けてその場にへたりこんでしまった。

シロちゃんや夜叉くんも今では恐ろしいバケモノではなくて、普段と同じ姿に戻っていて、慌てた様子でこちらに駆けよってくる。

「大丈夫、カンナ？」

「しっかりしろ！」

わたしはいまだ夢うつつのまま、崩れさってしまったお母さんを見る。それはざわざわとした黒い靄そのもので、地面にこぼした墨のような姿ではいまわっている。

やがて得体のしれないなにか——お母さんだった黒い影はざざっと、洞窟の出口へ向かって猛スピードで去っていく。

そのあとを追うようにして、わたしたちが外へ抜けだすと、

「あれはきっと、神もどきだ」

シロちゃんが険しい顔で呟く。

夜叉くんも知らないのか、その言葉をなぞるように、

「神もどき？」

「そう。現代から生まれ、新しく神様になりたがっている、なにか。……神様は自然との関わりや、他者との営みの中で生まれるもの。だけど今はそれらが薄れて、お互いに排除しようとしたり嫉《そね》んだりするようになった。カンナだって心当たりはあるだろ？」

わたしは無言でうなずく。

スマホをいじりながら、お互いの肩がぶつかりあっても謝ろうとしないサラリーマン。平然と道端にゴミを捨てる若者たち。商店街の片隅では小さな地蔵が埃をかぶっていて、誰も見向きもしない。それが自分の知っている、人間の世界だ。

もちろん、他人事じゃない。わたしだってその中のひとりなのだ。

テレビのワイドショーで流れる、他人を貶《けな》すようなニュース。電車の中で泣きだす赤ちゃんに、あからさまに舌打ちをする老人。そういったものを見てもなにも感じないどころか、むしろ同調していたような気さえする。

「無気力、無自覚、無関心。そんな無情な心が引きあい、現代の新しい禍津日神《まがつひのかみ》になろうとしている。でも信仰のないアレは神様じゃない、ただの『無』だ。カンナを追ってこの旅をつけてきて、馳走が集まったところでひょうたんを奪おうと——」

「なるほど。それを食って本当の神様になろうとしたってところか」

「神々から与えられた恵みには、そういった力が宿っていてもおかしくないからね」

「奪って、食うか。下賤《げせん》なやりかたを……。まあなんにせよ、倒せてよかった」

「いや、あれは消えないよ。見て」

シロちゃんにうながされて視線を上に向けると、黒い靄——『無』は完全に消滅せず、夜空の狭間を漂っている。

どこかに獲物がないかと、探し求めているかのように。

「人が同じ思いを抱え続けるかぎり、あいつは再び生まれると思う。誰にでもある心の隙間につけいり、やがて重く引きずりこむ。結局は、人間たちの心次第ってことさ」

お母さんに会いたいっていう願いこそが自分の心に空いた隙間で、そこで『無』が生まれてたってことは、あらためて言われなくたってわかっていた。

でも、夢を見ていたとき、わたしは幸せだった。

願いを叶えられて、嬉しかったのだ。

「それはいいとして。とりあえずひょうたんも無事だし、もう一刻を争う時間帯だ。すぐに出よう、カンナ」

わたしは洞窟を出るときに抱えておいたひょうたんを、再び肩に吊るして出発しようとする。だけど途中で走るのが嫌になって、その場にうずくまる。黒い靄はもういないのに、ざわざわとしたあの嫌な感覚が、身体の内側からあふれてきそうだった。

夜叉くんが不思議そうな顔をする。

シロちゃんがまた、急かそうとする。

わたしが今どんな気持ちでいるかなんて、まるっきり考えようとはしてくれない。

「……お母さんは？　お母さんは結局、どこにいるの？」
震える声で問いかけても、誰も答えてくれなかった。
シロちゃんを見る。
大丈夫だよ。出雲まで行けば必ず会えるから——そう言ってほしかった。
わたしを、安心させてほしかった。
「ねえ、シロちゃん？」
答えてほしくて問いかけても、やっぱり返事はなくて。
心の奥に抱えていた不安は、どんどん大きくなっていく。
旅をしている途中で何度か見た、シロちゃんのつらそうな顔。
それが今も目の前にあって。
だからなぜそんな顔をするのか、理由を考えてしまう。
「夜叉くん、本当のことを教えて」
夜叉くんからも答えは返ってこない。
それを見て、シロちゃんは絞りだすような声でひとこと、「ごめん……」と呟いた。
けど、わたしは謝ってほしかったわけじゃない。
お母さんに会わせてほしい。お母さんともう一度。

なのに、なのに。

「やっぱり、お母さんには会えないんだ」

口に出してみると、そりゃそうだよね、という冷めた感情が芽生《めば》えてきて、今の今まで自分を支えてきたものが、粉々に砕けていくのがわかった。

わたしはその場に座りこんで、馬鹿みたいに大事そうに抱えていたひょうたんを、地面に放り投げる。それからシロちゃんと夜叉くんに向かって、

「わたし、やめる。出雲なんて、もうどうでもいい」

「カンナ！」

「なによ、嘘をついたのはそっちでしょ」

怒りに任せて吐き捨てると、シロちゃんは今にも泣きだしそうな顔で押し黙る。

それでも、我慢しようなんて思えなかった。

わたしはもう、大丈夫なフリなんて、したくないから。

「お前に馳走を託した神々の気持ちはどうするんだ？」

「そんなの知らない。関係ないもん。そうだよ、お役目なんて夜叉くんがすればいいじゃん。やりたがっていたでしょ。最初から、自分でするつもりだったんでしょ！」

なんでなんでなんで、わたしがやらなくちゃいけなかったの。

あんなにつらい思いをしてまで、走る理由なんて、これっぽっちもなかったのに。

「神在月？　神無月？　縁結びの会議がどうのこうの、それがなんだっていうの？大体、縁ってなによ。わけわかんない。関係ないじゃん、縁なんて。関係なかったじゃん全然。そんなのあってもなくてもなにも困らなかったし、普通に生きてこれたじゃん。みんな普通に生きてんじゃん」

願いを叶えようと思わなければ、こんなにつらくなかったはずなのに。

信じていた仲間に、裏切られることだってなかったのに。

「普通に学校行って、勉強して、友だちと遊んで、家に帰ってテレビを観たり、ご飯を食べたり、それでいいじゃん！　なんでこんな大変な思いしなきゃなんないの？なんでお世話になったこともない、いたことすら知らなかった神様のために、わたしが走らなきゃなんないの？　ねえ、なんで？　なんでそんなことしなきゃ――」

「うるっせえなあ！　なんなんだよ、さっきからゴチャゴチャと！　お前、走るのが好きじゃねえのかよ！　だからずっと走ってきたんだろうが！　弥生と同じで、根っから走るのが好きなんだろ!?」

そう言われた瞬間、わたしの頭は沸騰しそうになった。

夜叉くんはいつもいつもそうやって、お母さんと比べてばかりだ。

「勝手に決めないでよ！」

「なんだと……？」

「わかったようなこと、言わないでって言ってるの！」

夜叉くんもシロちゃんも、一族の期待だとか眷族としての使命だとか、自分の都合ばっかりで、わたしのことなんてなんにも考えてくれない。

お母さんに会いたいって気持ちがどれだけ強かったとか、お母さんがいなくなって今までどれだけ我慢してきたかとか、そういうことをなにも考えてくれない。

だったら、わたしも考えない。

みんなのことも、ほかのこともぜんぶ。

「もう、お願いだから放っておいてよ」

思ってしまったら、もう止められなかった。

シロちゃんと夜叉くんを、絶対に傷つけてしまうってわかっているのに――大丈夫なフリをしなくなったわたしの口からは、ざわざわとした気持ちがあふれてきて、

「助けてくれて、ありがとう。でも、たとえ偽物であっても、わたしはあそこにいたかった。現実でお母さんに会えないのなら、夢の中にずっといたかったの」

思っていたとおり、ふたりは悲しそうな顔をした。

だからもう、終わりにしよう。こんなにも、つらいことは。

「シロちゃんとの出会いも、夜叉くんとの旅も、ぜんぶ意味なんてなかった。……わたしにはもう、走る意味がない」

わたしは手首につけていた神具を、力任せに外そうとする。大切な形見のブレスレットだったのに、紐はぶちぶちと音を立てて、引きちぎれてしまった。

「おい、なにす――」

「カンナ――」

慌てた様子の夜叉くんとシロちゃんが見えて、すぐさま煙のように消えてしまう。

まるで最初から、誰もいなかったみたいに。

暗闇の中で呆然としていると、いつのまにか全身がずぶ濡れになっていて。

周囲に響き渡るざーざーという雨音を聞きながら、わたしはようやく、静止していた時間が再び動きだしたことに気づいた。

そうだ、これが本来の世界。現実の、当たり前の、わたしたちの世界。

寒くて、暗くて、なにもない。

ずぶ濡れになった身体を抱えるように身震いしたあと。

わたしはやがてゆっくりと、歩きはじめる。

どこへ？
わからない。
今はとにかくこの場から、逃げだしてしまいたかった。

第六章◆神在月のこども

1　迷いと決意

「引き続き、台風情報です。現在海上を進んでいる台風二十二号は、依然勢力が衰えることはなく、明日未明にも中国四国地方に上陸する可能性が――」

古民家の軒先でしゃがみこんで雨宿りしていると、窓越しにテレビのニュース速報が聞こえてくる。わたしはリュックからタオルや着替えを出して身支度を整えたあと、雨具をかぶって再び道のほうへ出ていく。

去り際、家主らしきおばさんがこちらをじっと見ていた。日が暮れているのに小学生がひとりで外を出歩いているのだから、家出を疑われてもおかしくはない。

というよりマラソン大会のあとで校庭から飛びだして、そのまままはるばる島根まで走ってきたのだから、今の自分はある意味、壮大な家出をしているようなものかもしれない。

……お父さんは今ごろ、どうしているのかな。

静止した時間が再び動きだしたわけだし、親戚とか警察とかいろんなところに電話をかけて、わたしのことを探してまわっている最中だろうか。

心配ばかりかけて、ごめんなさい。

わたしは結局、大丈夫な子ではいられなかった。

あれだけ我慢して、必死に強がって、でも最後はやっぱり我慢できなかった。

しばらく歩いたすえに公衆電話を見つけて、リュックから小銭を出す寸前までいったのだけど、家に電話をかけることもなく、わたしはまた暗い夜道に向かって歩きだす。


自分でもどうしたいのかわからなくて、心がぐちゃぐちゃになったまま、ふらふらとあてもなく歩いていると、いつしか海岸沿いのキャンプ場に舞い戻っていた。

星空を見あげながら囲んだ焚火の跡はまだ残っていて、でも、海上から迫る台風の余波に流されつつあった。ほんの少し前なのに、やけに昔のことのように思える。

シロちゃんと夜叉くんはきっと、わたし抜きで出雲を目指したはずだ。

それがふたりの使命なのだし、そうする覚悟だってあったのだし、だから龍神様のところで予感した恐ろしい未来なんて、きっと起こらない。

走らなくても普通に生きていけるし、なにも変わらないし、なんの意味もない。

そう思ったとき、ふいに背後から耳慣れない不協和音が響いた。

ボオオーン、ボオオーン、ボオオーン……。

今は使われていなそうな海の家から、暗闇に包まれた砂浜に向かって。

なんの音だろう?

気になって割れたガラス窓からのぞきこんでみると、古ぼけた置き時計があった。

ああ、これは鐘の音だ。

潮風にさらされて、こんなに錆《さ》びているのに、まだ動いているなんて。

七回。

なにげなく数えたあとでふと、

「夜の七時……はじまるんだ、きっと。お祭り」

口に出してから、自分で自分に驚いてしまう。

もう、どうでもいいのに。今さらなんで、気にしているのだろう。

外はかなり寒くなっていて、着替えて雨具を羽織《はお》ったとはいえ、身体はいまだに冷えきっている。お父さんに電話するとか交番に行くだとか、やりようはいくらでもあるはずなのに、わたしはくしゅんとくしゃみをしたあと、再びどしゃ降りの中を歩きはじめる。

家に帰ろうとするでもなく、出雲に向かうでもなく、なにもかもが中途半端。

——悔しい。

そう思ったあとでふと、自分がそう感じていることに違和感を覚える。

お母さんに会えないとわかって、悲しかった。

シロちゃんに嘘をつかれていたと知って、裏切られたと思った。

あのときに抱いた感情はまだ心の中でくすぶっているけど……冷静になった頭でもう一度思い返してみれば、最初から自分がひとりで勘違いして勝手に舞いあがっていただけで、シロちゃんだって嘘をつくつもりなんてなかったことくらい、わかる。

だから今は言いすぎたかなとか許してあげられたのかなとか、相手を傷つけてしまった罪悪感のほうが強くて、悔しいって気持ちとはそぐわないかなって、思う。

けど、わたしは今、悔しいのだ。

どうしようもなく。

降りしきる雨の中、真っ暗な道を進んでいく。

そして、さらに深い闇に包まれたトンネルの中へ。

とぼとぼと、だけど止まることなく歩いて、歩いて。

山道の下り坂に差しかかると、自分の意志とは関係なくテンポが速くなって、無理やり回転させられているみたいに足が運ばれて、いつしか小走りするような格好になって。

タッタッタッ。タッタッタ。
走りたくないのに、走り出してしまう。
途端に、頭の中がクリアになっていく。
息を吸って、吐いて。
身体の中に染みこんだリズムが、わたしを前へ前へと押し流していく。
その刹那《せつな》、
「わっ！」
地面の起伏に足を取られて、前のめりに倒れこむ。
見ると、膝に砂利がめりこんでいた。
深呼吸して、手のひらを擦り傷に押し当てて、目を閉じる。
まぶたの裏にじわりじわりと熱いものが広がってきて、雨といっしょに雫《しずく》となって
ぽろりと地面に落ちる。
わたしは耐えられなくなって、その場にうずくまってしまう。
再びまぶたを開くと、涙がこぼれた地面から、闇夜よりさらに深い色の靄が立ちの
ぼってくるのが見えた。それはやがてつま先や膝、手のひらと——蔦《つた》が絡みつくよう
に、あの洞窟で見た『無』の力が再び、ざわざわと身体を包みこもうとする。

これでまた、あの夢が見れる。
わたしはまた、お母さんに会えるかもしれない。
なんて期待しかけたのに。
今ではなぜだか、そんな気持ちよりずっと。
悔しくて。
やっぱり、どうしようもなく、悔しい。
負けたような気がして。
『無』に。
それとも――『自分』に？
こぼれ落ちそうになる感情を抑えようと、ぎゅっと拳を握る。
すると捨てられずにいた神具の飾りが手のひらに当たって、ちくりと痛んだ。
ふいにはっとして、わたしは振り返る。
タッタッタ。タッタッタ。
どこからともなく、足音が聞こえる。
遠く道の向こうから、こちらに近づいてくる小さな影。
どこか懐かしくて、それになぜだか、気恥ずかしくて。

目前まで迫ってきた小さな影は、わたしがさっきやったみたいに地面の起伏に足を取られて、前のめりに倒れこむ。

涙ぐむ、女の子と目が合って。

それはまぎれもなく、幼いころのわたしで。

わたしはわたしのまま、昔のわたしの夢を眺めているのだと気づく。

◇

「カンナ」

元気だったころのお母さんが、かつての自分に優しく囁きかける。

わたしは風景の一部のようになって、在りし日のふたりの姿を眺めている。

「……お母さん」

「大丈夫?」

擦れた膝を覆う小さなわたしの手のひらをそっとめくり、傷口の具合を確かめるお母さん。その手首には、赤い紐のブレスレットがきらりと光っている。

「大、丈夫……」

全然そんな感じじゃなさそうに小さなわたしが言うものだから、それを遠巻きに眺めている今のわたしは思わず苦笑い。

お母さんだってもちろん、痛がっていることなんてお見通しで、

「もう、やめにする？」

「だ！　か！　ら！　大丈夫っ！」

「あー、ごめんごめん。じゃあ走れるかなー？」

しゃがみこんでいる小さなわたしに、お母さんが優しく手を差《さ》し伸《の》べる。

けど、その手を取らずに、

「まだ勝負はついてないし、本気も出せてないから」

自分で自分のお尻をぱんぱんと叩いて、立ちあがる。

ああ、昔のわたしって——。

「本当に負けず嫌いね。まったく、誰に似たのかしら……」

お母さんがそう言うと、小さなわたしも「えへへ」と嬉しそうに笑う。その姿が眩《まぶ》しくて、羨ましくて、風景の一部でしかないわたしも頰をゆるめてしまう。

「じゃあ行くよー、よーい」

のんびりとしたかけ声で、お母さんがスタートを切ろうとする。

ほら、今がチャンスだ！　走りだせ！

「――どん！」

「あ！　カンナ、ずるいぞ！」

そう言っているわりには、楽しそうな顔。

小さなわたしの背中を追いかけるお母さんはそりゃもう楽しそうで、追い抜いて得意げな顔をするお母さんはこどもみたいにはしゃいでいて――だから夜叉くんが話してくれたみたいに、お母さんはどこまでも純粋だったんだって、あらためて気づかされる。

「ほらほら、置いていっちゃうよー！」

「……絶対、負けない！」

「鬼さんこちら！　手のなるほうへー！」

呆れた。本当に手加減なし。

自分の娘はあんなに小さいのに、お母さんは歌うように煽っている。

でも、追いかけている昔のわたしだって、楽しそうにしている。

「待ってってばあー！」

笑いながらお母さんの背中を追いかけて、そのあとでまたずっこける。

でも今度は手を差し伸べてくれなくて、どころか、

「ほらー、早く立ちあがってー！」

「ひどいっ！　今すっごい痛かったんだけど！」

お母さんが、わたしの顔を見る。

いつのまにか、風景の一部でしかなかったはずの今のわたしは、幼いころのわたしになっていて。その場でしゃがみこんだまま、震える声で問いかける。

「ねえ、お母さん」

もう走るの、やめていい？

才能がないから。

どんなに頑張ったって、お母さんみたいになれないから。

出雲で会えたら、伝えようと思っていた言葉。

そのためにずっと走ってきて、馳走を集めて。

今ようやく、口に出そうとしている。

なのに。

なのに。

わたしは唇《くちびる》をぎゅっと噛んで。歯を食いしばって。

そんなの絶対に嫌だって、そう思っている。

だから。

大きく息を吸って、吐いて。

自分の中からあふれてきた感情に、身を任せることにする。

「見ていてよ。すぐに追い抜いちゃうから」

「ふふふ。その気持ち、大切にしてね」

お母さんはにっこりと笑みを返すと、手首にしていたブレスレットを外して。

それを髪に、結いなおす。

次の瞬間、ダイヤモンドダストみたいに、空気がきらきらと輝きはじめる。小雨がぱらぱらと降りはじめて、やがて遠くに見える雲の狭間に、虹《にじ》がかかる。

お母さんは前を向いたまま、虹の彼方《かなた》めがけて走りだそうとする。

わたしは夢の終わりを自覚する。

けど、寂しくはなくって。

置いていかれたような気持ちは、もうどこにもなくって。

だって、

「――走るのが好きだから」

駆けていく背中を見送りながら。

わたしも勢いよく立ちあがって、前を向く。

◇

「そうだ。行かなくちゃ」

ちぎれてしまったブレスレットを——大切な形見を、丁寧に結び直して。

お母さんがしていたみたいに、赤い紐で髪を結う。

「まだ、勝負ついてないし。本気だって、出せてない」

そう呟いた直後、黒い靄が泥のようにへばりついてきて、身体を地べたに縛りつけようとする。あの懐かしい夢の世界へと、『無』が再び引きずりこもうとしているのだ。

けど——。

息を吸って、吐いて。

雨が降りしきる山道を歩きはじめると、自然と足が前に出て。

いつのまにか、小走りになって。

そうしていると、手足にへばりついた黒い靄が、散り散りになって。
口から、笑みがこぼれていく。
走りたいって気持ちが、あふれていく。
お母さんはもういない。
シロちゃんと夜叉くんだって、今は見えない。
神様たちのお祭りなんて関係ない。
わたしがやる意味なんて、どこにもない。
体力だって残っていないし、気力だってほとんどない。
じゃあ、やめる?
冗談じゃない。
幼いころのわたしは、何度転んだって立ちあがった。
負けず嫌いだから。
でも、それ以上に。
走ることが、大好きだったからだ。
あふれてきたこの気持ちに、もう嘘なんてつきたくない。
止まりたくないなら、諦めたくないなら。

「自分の好きを、信じなきゃ」

2　出雲大社へ

ここから先は、自分との勝負。

どうなったって、最後まで走りきる。

そう決意した瞬間——かすかに、チリンという音が聞こえた気がした。

シロちゃんの首輪につけた、鈴の音。

腕を振りながら。地面を蹴りながら。

耳をすませて、音がするほうへ、音がするほうへと走りはじめる。

そうしていると呼吸や足音が遠くなって、身体の神経ぜんぶが研ぎ澄まされていく。自然と笑みがこぼれて、息が苦しいのに楽しくなってきて、降りしきる雨をものともせずに、身体を押し退《の》けようとする向かい風をはねつけるように、前へ前へと駆けていく。

……ああ、そっか。こんなに簡単なことだったのだ。

ただ走ることだけを考えていれば、頭の中にこびりついていた悩みや不安はどこかへ吹き飛んでいってしまう。小さいころのわたしはいつもそうやって楽しんでいたはずなのに、いつのまにかそれを忘れて、走ること自体を嫌いになろうとしていた。

お母さんのため、じゃない。

わたしがわたしのために。わたしだけのために。

走ればよかったのだ。

◇

気がつくとわたしは、夜の砂浜にたどりついていた。

いつだかシロちゃんに聞いた話だと、稲佐《いなさ》の浜というところで神様たちを出迎えたあと、サミットが催される出雲大社に移動するという流れだったはずだ。

……じゃあここがその、稲佐の浜？

人間の参拝客はあちこちにいるけど、神様がいるような気配は感じない。

もちろん今のわたしに韋駄天の力はないから、姿が見えていないだけ、という可能性はある。とはいえ時刻は夜の七時をとうに過ぎているわけだし、出雲にやってきた神様たちは予定どおり、会場に向かっている最中だと考えたほうが自然だ。

案内板によるとこの先に出雲大社があるらしいので、ゴールの手前まで来ていることがわかる。だけど砂浜から先を見すえると、細い道に多くの参拝客がごったがえしていて、走るどころじゃない。ただでさえ、今から向かって間にあうか、わからないってのに。

そこでまたチリンと、鈴の音。

続けてどさっと、なにかが転げ落ちる音。

先を急ごうとしていた、わたしの足に当たって。

拾いあげてみれば、なんと、

「ひょうたん……」

驚きながらも、腕に抱えてみる。

そうしていたら、

『カンナ』

「シロちゃん……？」

『見えるの？　ボクらの姿が！』

わたしは周囲をキョロキョロと見まわす。

真っ白なうさぎの姿はどこにもない。時の流れも相変わらずの平常運転。

砂浜を歩く参拝客が、いぶかしげにこちらを見つめているだけ。

『見えてないのか。なら、どうして』

今度は、夜叉くんの声。

またキョロキョロと探してしまうけど、やっぱり姿はどこにもない。

「わかんない。わかんないけど——でも、聞こえたの！　シロちゃんの鈴の音！」

『そうか！　お前、髪を束《たば》ねているのは』

言われて、気づいた。

ひょうたんと髪に結い直したブレスレットが、共鳴するように淡い光を放っていて。だからきっと、不完全なままとはいえ、

『結び直したってことか！』

「けど、ふたりの姿は見えないし、韋駄天の力もないみたい」

実際、シロちゃんたちと会話していると、周囲にいる参拝客はよりいっそう不審なものを見るような視線を向けてくる。

ひそひそと、だけどこちらに聞こえるくらいの声で、

「なに、あの子」「ひとりごと、喋っている」

「親御さんとはぐれちゃったのかしら」

いつものわたしなら困っていたかもしれないけど、今はなんだかおかしくて笑ってしまう。どしゃ降りの中、小学生の女の子が見えないお友だちと話しているのだから、不思議に思われても無理はない。

シロちゃんや夜叉くんのことを説明したって、誰も信じてくれないはずだ。

それでも、わたしは知っているから。

姿が見えなくても、そこにいるって、感じているから。

「韋駄天のお役目とか、お祭りとか、正直わかんない。神様のことだって縁結びがどうとかも、今だってまだ全然わかっていない。けど、わたし走りたいの。ちゃんと、最後まで走りたいの！」

大きな声を出したから、余計に注目が集まってしまう。

だとしても構うもんか。続けてもっと大きな声で、

「だから——もう一度、わたしに任せて！」

わたしは天に向かって叫ぶ。

しかし、返事はなかった。

雨は止《や》むどころか激しくなってきて、さらにはゴロゴロと雷の音が響きはじめる。

台風が近い。予報よりも早く迫ってきている。

迷っている時間なんて、もうないのだ。

するとと夜叉くんが悔しそうな声で、

『オレはついていくことができない。足手まといになるだけだからな』

『洞窟でキミをかばったとき、夜叉は膝に傷を負ってしまってね。今じゃボクが支えてやらなくちゃまともに歩けないような状態なんだ』

「そうだったの……。ごめんね」

『いや、カンナが謝ることじゃない。悪いのはぜんぶ、ボクだから』

シロちゃんの泣きそうな声が聞こえてきて、胸がぎゅっと締めつけられる。

優しくぎゅっとしてあげたいけど、今は姿が見えないから、それもできない。

「いいの。嬉しいこともいっぱいあったから。シロちゃんに大切なこと、いっぱいいっぱい教えてもらったから」

『カンナ……』

『オレのほうからも詫《わ》びさせてくれ。お前には、無理をさせていたのだと思う』

「なにそれ、上から目線？　夜叉くんに気を使われなくたって、わたしは自分の足で立ちあがれたし、今だってひとりでお役目を果たすつもりなんだけど」

いつもの調子で憎まれ口を叩くと、姿は見えないのに、夜叉くんがむっとした表情をしたのが伝わってきた。そうそう、わたしたちはやっぱり、こうじゃないとね。けど、そのあとですぐに、吹き出すような笑い声が響いて、

『弥生が言っていたとおりだ。お前はまさしく、カンナだよ』

「どういう意味？」

『ずいぶんと前に聞いた話を、今のお前を見ていたら思いだしたのさ。……弥生は韋駄天の末裔だが、代を重ねるうちにその力は薄まり、神具を持たないかぎりはただのニンゲンの女だった。それゆえにつまらぬしがらみもあったのだろう。自分の娘には、そういったものに縛られぬ子に育ってほしいと願っていた』

続けて、夜叉くんは言った。

そよかぜのような、くすぐったくなるような、優しい声だった。

『弥生はある日、オレに言った。神様の力が在るのではなく、たとえそれが無くたって、自分の力で運命を切り開いていけるこどもになってほしい――だから神無《カンナ》と名づけたと。まさしく、今のお前のことじゃないか』

「お母さん……」

夜叉くんの言葉が、その中に託されていた願いが、わたしの心に染みわたっていく。だからもう一度、しっかりとひょうたんを抱える。

『ニンゲンのこどもに託すのも、悪くない。——行け、カンナ。あとは任せたぞ！』

「うん、じゃあ——行ってきます！」

わたしは前を向いて、吹き荒れる台風の中を勢いよく駆けだしていく。

おおきく息を吸って、吐いて。

それから、笑って。

◇

人混《ひとご》みであふれた細い道を避けて、並行するひと気のない大通りめがけて、走る。

全力で腕を振って、地面を蹴って、自分の限界を超えて、走る。

なのに、先に進むと通行止めの表示が視界に飛びこんできて。

「しまった！」

警察や消防の人たちが、通行人や車に対して迂回《うかい》を勧めている。

夜になり外気が冷えきっているからか、台風の雨はもはや吹雪のようになっている。そのせいで、警備車両がスリップしてしまったらしい。

「ちょっと、そんなとこ突っ立ってないで！　ここを通るのは無理だから！」

「そんな……」

予想外の通行止め。

追い打ちをかけるように、空からまた、ゴロゴロと雷。

今から戻ったとしても、あの人混みの道じゃ走れない。

絶望的な状況に思わずうつむくと、再びの黒い靄。

わたしを『無』に引きずりこもうとすることを、まだ諦めていないらしい。

だから、

「無理、じゃない！」

そのまま舗装すらされていない農道めがけて、駆けこんでいく。

山の中を走るのはもう慣れているし、道なき道だってへっちゃらだ。自分の背よりも高く茂る雑木林をかきわけ、人ひとりが通るのがやっとの、生活道へ抜ける。

台風の、いや、吹雪の勢いはとどまることを知らない。真っ暗な空から何度もゴロゴロと雷鳴がとどろき、今にも目の前に落ちてきそうだ。

息が凍《こお》る。

苦しい。

足が悲鳴をあげている。

心臓が爆発してしまいそうに、熱い。

やっとの思いで再び大通りへ抜けでると、視線の先に出雲大社が現れた。ところが大鳥居から延びる長い長い下り参道は、すでに多くの参拝客で埋めつくされている。

ゴールを目指すなら、あの中をかきわけていかなくちゃいけない。しかも間の悪いことに、ふくらはぎがぴくぴくと痙攣《けいれん》しはじめて、足がつっているのがわかった。

「大丈夫。もう少し、もう少しだけなら……走れるはず！」

その言葉をあざ笑うように、またしても黒い靄が立ちのぼってくる。

わたしの弱い心を糧《かて》にしているのなら、どうあがいたって逃れられるはずがない。

ふうと息を吐いて、その場でうずくまる。

『無』に負けたわけじゃない。諦めたわけでもない。

向きあうために、自分の弱さとぶつかっていくために。

ふくらはぎを揉《も》みほぐしたあと、わたしは最後の気力を振り絞って、

「位置について、よーい」

――どん！

足を強く踏みしめて。楽しいって気持ちを噛みしめて。

走る。

空はいつのまにか晴れていて、木漏れ日のような月明かりが降り注いでいる。
わたしは重くなったひょうたんを、もう一度、しっかりと抱えなおして。
その中に詰まったみんなの想いを、ぎゅっと抱きしめて。
走る。
行列が拓けていく。
先を急ぐわたしを見て、参拝客が道をあけてくれる。
ああ、そうか。
繋げていこうと思えば、誰とだって繋がっていける。
走る。
足が重い。なのに、ペースはどんどん上がっていく。
わたしの感覚が景色に溶けていく。
わたしの境界があいまいになっていく。
走る。
わたしは世界といっしょになって、きらきらと輝いていく。
楽しい。走るのが、こんなにも楽しいなんて。
冷えた空気を胸いっぱいに吸いこんで。

息を吐くときは笑うように。
地面を蹴って全速力で駆け抜けると、世界もいっしょに弾んでくれて。
走る。

走る。

走る！

◇

出雲大社のすぐそばまでやってきたわたしは、境内にかかった橋を渡る。二手にわかれた参道が見えてきて、その中央にきらきらと輝く雲の架け橋が延びていた。

厳《おごそ》かで、幻想的で。どこまでも美しい、光の傾斜。

八雲の狭間まで繋がっている階段を、脇目も振らずに駆けあがっていく。月明かりできらきらと輝く雲海が眼前に広がり、そのうちに絢爛豪華《けんらんごうか》な社が見えてくる。

シロちゃんが言っていた、ゴール。

韋駄天のお役目を遂げるために、目指すべき場所。

なのに辺りは真っ暗。

誰の姿もなく、しーんと静まりかえっている。

てっきり神様たちが集まって、賑《にぎ》やかな宴《うたげ》が行われていると想像していたのに。

もしかして、

「……間に合わなかった？」

静寂に包まれて、はあ、はあ、という息づかいだけが境内にこだまする。

わたしは髪に結っていたブレスレットを解き、ぎゅっと握りしめる。

今にも崩れてしまいそうな両足に、ありったけの力を込めて。諦めたくない一心で、前だけを見つめる。

どうか、どうか。

神様——。

祈りを捧げた直後、ふわっと一陣の風が吹いた。

ほどけた髪のうえに透きとおる布がかぶせられ、手のうちにあったブレスレットがまばゆいばかりの光を放ちはじめる。そして、

『よくぞ駆け抜けたぞ！　韋駄天、いや、カンナよ！』

頭上から声が響く。

直後、わあああ！　と大歓声。

驚いて顔をあげると、視界いっぱいに神様が、いろんな姿をした神様たちがわたしを見て、パチパチパチパチと拍手していた。

まさかの、天上からのスタンディングオベーション。

わたしが見えていなかっただけで、階段を駆けあがっているときからずっと、八百万の大観衆がワイワイガヤガヤと騒ぎながら応援していたなんて。

こうなってくるともうどうしたらいいかわからなくて、でもなにか反応しないといけない気がして、迷ったすえに金メダリストがゴールしたときにやるような、

「うわあーーっ！」

と、両手を掲げて叫ぶ。

そしたらまた、大歓声。なにこれ、すっごい気持ちいい。

でも調子に乗っていたら、背後から呆れたような声で、

「ふふふ、でもギリギリだったね」

「相変わらずノロマだったな」

「ふたりとも！　どうして!?」

シロちゃんがくいと頭上を仰ぐので、わたしがつられて視線を移すと、社のてっぺんにひときわ強く光り輝く、ひとつなぎの勾玉が浮かんでいるのが見えた。

すると次の瞬間——眼下の雲間からぶわあっと木々の蔦や大地の苔、四季折々の花々、色彩豊かな奇岩群、ありとあらゆる自然物が社を支える御柱から伝ってのぼり、てっぺんに浮かんでいた勾玉めがけて束ねられていく。

それは次第に人のかたちをとって、周りにいるどの神様より、立派な姿が現れた。

「あそこに見えるのが大国主命様。ボクたちはあの御方にすくいあげてもらったワケ」

「じゃあ夜叉くんも……」

「ああ。カンナを——韋駄天を助けたことが認められて、特別に参加していいって話になったらしい」

「よかった、本当によかった！」

感激したわたしは勢いあまって、夜叉くんにぎゅっと抱きついてしまう。

いつもは余裕ぶっている鬼も今回ばかりは照れくさそうに、

「やっぱ場違いで、居心地悪いけどな」

「そんなこと言って、ほんとは嬉しいくせに」

「なんだと？」

「あーもう、喧嘩《けんか》しないで！」

そこで頭上から、コホンと咳払《せきばら》い。みんな揃ってぎくりとして振り返ったら、大国主様が微笑ましそうに見つめている。

ほどなくして周囲の神様たちがずらっと整列をはじめたので、さすがにわたしたちも神妙な顔になる。気を引きしめて、背筋をピンと伸ばしていると、

「さあカンナよ。馳走をここへ」

大国主様に声をかけられて、わたしは八百万の神々に見守られながら、その偉大な御姿の前まで歩いていく。うやうやしく頭を垂れ、ひょうたんを捧げる。

「こちらです」

「うむ。ではこれより――神在祭をはじめる！」

直後、再びの大歓声。

中心にいるのはほかでもないわたしで、あたふたしながら一礼する。

シロちゃんにうながされてひょうたんの蓋《ふた》を外すと、これまでに集めた馳走が中からあふれてきて、輝かしいばかりの食材や料理がずらりと並んでいく。

御神酒《おみき》や鯛、中には甘くて美味しそうなおぜんざいまである。

わたしがよだれを垂らしながら眺めていると、シロちゃんがやってきて、

「おぜんざいってね、神様が在るって書いて、御神在って読むんだよ」

「へえー。こんなときまで解説ありがと。これって食べたらだめなのかな」

「どうだろうな。神様に届けるご馳走なわけだから……」

と、今度は夜叉くん。わたしと同じようにだらりとよだれを垂らしている。

直後、おぜんざいが全員ぶん、ふわりと漂ってきて。

わたしたちが頭上を仰ぐと、大国主様がこくりとうなずく。

どうやら食べてもよさそうだから、遠慮なく手を伸ばして、いただきます。

「ふほふほ、熱うっ！」

「頼むからさあ夜叉、喉に詰まらせないでよ？」

「あはは。こう言ったらなんだけど、お父さんみたいな雰囲気だね。大国主様」

「そりゃそうだよ。あの御方は国造りの神様なんだし」

つまり、この島国のお父さん。

そう思うとすごい神様なのに親しみが持てる気がして、わたしはまた、笑ってしまう。

◇

韋駄天として馳走を渡したあとも宴は続き、やがてさらにぞろぞろと行列がやってくる。なんとわたしを出迎えてくれたのはほんの一部でしかなくて、だからこの国には本当にびっくりするくらい大勢の神様がいらっしゃるわけだ。

しかも誰も彼もが陽気で、自由で、中にはクラスの男子よりもひどい悪ふざけをはじめる神様までいて、そうなるとわたしたちは格好のオモチャ。シロちゃん夜叉くんともども何度ももみくちゃにされて、頭を撫《な》でられて、膝に抱えられて、可愛がられ構われて目をまわしてしまう。

ああ、シロちゃんがお餅みたいにごろごろと転がっている。夜叉くんにいたってはそろそろキレそうでやばい。わたしもわたしで、髪がぐしゃぐしゃだけど。

そんなこんなで賑やかに騒いだあと、大国主様やシロちゃんそれから夜叉くんに見送られて、わたしは社の入口まで戻ってくる。

闇をまとっていた空が、東からうっすらと朱に染まりつつあった。

「韋駄天、いや、カンナよ。このたびの走り、大儀であった。心ゆくまでこの地にとどまり、その疲れを癒すがいい」

「ありがとうございます。ですが、もう帰ろうと思います。父が心配しているので」

わたしはそう言って、深く一礼する。

そのとき、シロちゃんが急にがばっと飛びだしてきて、

「待ってください！　大国主様！」

「どうしたのだ因幡の素兎よ。なにかあるなら、申してみるといい」

「使いの身分をわきまえず、ご無礼を承知で申しあげます！　どうか縁結びのお力でカンナを母と、弥生と会わせてはいただけないでしょうか」

深刻な面持ちでなにを言いだすのかと思っていたら、わたしの名前が出てきたのでびっくりしてしまう。隣の夜叉くんもあっけにとられたように「……あいつ」と呟いているし、大国主様は興味を引かれたように「ほう？」と相づちを打つ。

一同が眺める中、シロちゃんは深々とお辞儀。

「神の国とあの世が違うことは理解しております。さしでがましいお願いであることも、重々承知しております。ですが、カンナは幼いながらも十分に使命を果たしました。私めはどんな罰を受けても構いません。なにとぞ、どうか例外中の例外として」

しばしの沈黙が流れる。

地面に頭をこすりつけるように頼みこむシロちゃんの背中は、小刻《こきざ》みにぷるぷると震えていて、わたしのためにどれほどの勇気を出しているのかが、伝わってくる。

でも、大国主様はゆっくりと首を横に振って、

「縁とは、原因と結果を繋ぐ、結び目のようなもの。我々は縁を作るのではない。結ぶのだ。その因果《いんが》を作るのは、ニンゲン。原因となる行動を起こし結果を導くのは、ニンゲン各々なのだ」

「しかし、お言葉を返すようですが――」

なおも必死に、食いさがろうとするシロちゃん。

わたしはゆっくりと歩を進めて、その背中に優しく触れる。

「シロちゃん、いいの。わたし、会えた気がする」

そう言いながら手を開き、ずっと握りしめていたブレスレットを見つめる。

今でもありありと思い浮かべることができる、きらきらとした笑顔。

「お母さんに、ちゃんと出会えた旅だった」

そのときにふと旅の中で何度も見た夢のことを思いだして、自然とはにかんでしまう。照れ隠しをするようにお尻の泥をぽんぽんとはたいたあと、

「それにきっと、わたしにも」

走ることが大好きだったころの、ありのままのわたし。

あのころの楽しいって気持ちを、見失っていた自分を、思いだすことができた。

なんてふうにしみじみと感じていると、夜叉くんが隣にやってきて、

「そんで、それから？　お前が出会ったものは、ほかになかったのか？」

なにそれ。言わせたくてしょうがない、みたいな顔。

だからお望みどおり、夜叉くんとシロちゃんに両手を伸ばして、

「もちろん、とびっきりの仲間にもね！」

思いっきり、ぎゅっと抱きしめてあげる。

ぐすんと鼻をすするシロちゃん。言わせておいて恥ずかしくなったのか、ぷいとそっぽを向く夜叉くん。その姿になんだかおかしくなって、よりいっそう強く抱きしめる。

無邪気にじゃれあうわたしたちのはるか上空では、賑やかな神在祭が続いている。

いつまでも、いつまでも。

まるで終わることなんて、ないかのように。

エピローグ

その後。

神在月に、神様たちのサミットは厳かに執り行われ、今年のご縁も無事に結ばれて。

何事もなく月日は流れ――半年後。

わたしは、中学生になった。

◇

朝。日が昇ったばかりの早い時間に、アラームの音が鳴り響く。

わたしは夢うつつのまま、バチンと目覚まし時計を止めて、

「ふあーあ……。ねっむい」

と、誰に聞かせるでもなく呟いてから、むくりと起きあがる。

まだ寝ているお父さんを起こさないように気をつけつつ、顔を洗ってさっぱりしたあと、寝癖《ねぐせ》のついた頭のまま、朝食の準備に取りかかる。

確か、タマゴの賞味期限が近かったはず。目玉焼きにしようかスクランブルエッグにしようか、それともタマゴマヨネーズを作ってサンドイッチにしようか。

よし、今日の気分はサンドイッチ。

なんて考えながらキッチンで料理をしている中、窓の外はとても静かで、まるで世界が一時停止してしまったかのように思える。

けど、サンドイッチが完成するころには鳥の鳴き声がチュンチュンと聞こえてきて、今日という日がいつものようにはじまるんだってことを教えてくれる。

「いただきます」

いつものように朝の恵みに手を合わせて、わたしはサンドイッチをたいらげる。

それから忘れずに、お父さんのために作っておいたぶんにラップをかけておく。昨日も帰ってくるのが遅かったから、起きてくるのはわたしが学校に行ったあと。

だから、ついでにメモを添えておこう。

『お父さん、今日も一日がんばって！　カンナより』

面と向かってだと恥ずかしくて言えないことも、文字にしたためておけば伝えることができる。今までだったらそもそも伝えようとすらしなかったはずだけど、出雲へと向かう長い旅を経た今なら、感謝の気持ちを行動にすることの大切さが、よくわかる。

「さて、と……じゃあ、行ってきます！」

小声でそう呟いてから、いつものように学校へ向かう。

玄関にはあの旅で履きつぶしてしまったスニーカーが記念碑のようにちょこんと置かれていて、外の世界へ飛びだしていくわたしの姿を、静かに見送ってくれた。

◇

春の風は、まだ冷たい。

ただ、小刻みに息を吸っていると澄んだ空気が全身をめぐって、身体はすぐに暖かくなってくる。早朝の川辺にはまだ誰もいなくて、わたしは満開の桜に囲まれながら、ひとり黙々と走り続ける。

タッタッタ。タッタッタ。

おおきく息を吸って、吐いて。

それから、笑って。

目の前に広がる景色と一体化しながら、走ることを純粋に楽しむ。

しばらくそうしていると、どこからか、懐かしい声が聞こえてくる。

『つたく、相変わらずフォームがなってないな』

『強がっちゃって。そんなカンナに負けたくせに』
『オレは負けちゃいないさ。――これからだ』
気のせいかもしれない。
けど、神様はこの世界のどこにでもいるから。
あのとき旅をした仲間たちも同じように、わたしのことを見守ってくれている。
たぶん。
いや、絶対。
みんなにまた会える日が来ることを、心より願いながら。
歌うように、弾むように、桜舞う道の中を駆け抜けていく。
役目だからじゃない。韋駄天だからでもない。
勝ちたいからでも、負けたくないからでもない。
ただ、好きだから。
元気よく、楽しく。
無理をせず、我慢もせず。
全身で心地よい風を感じて。

わたしは今日も、走っている。

本書は映画「神在月のこども」の小説版として、著者両名の協業で書下ろしたものです。

|著者| 四戸俊成　千葉県出身。1980年10月生まれ。コピーライター、プランナー、ディレクター、プロデューサーとしてキャリアを重ね、2009年にcretica universalを設立。映画・漫画・音楽ほか様々な領域でのコミュニケーション・デザインを手がける。大作映画のプレミアから、全国各地のタイアップ、映画祭のスタートアップまでを統括し、劇場オリジナルアニメ『神在月のこども』では、企画、原作、脚本、コミュニケーション監督を担う。

|著者| 芹沢政信　群馬県出身。第9回MF文庫Jライトノベル新人賞にて優秀賞を受賞し、『ストライプ・ザ・パンツァー』でデビュー。2019年、小説投稿サイト「NOVEL DAYS」で開催された、講談社NOVEL DAYSリデビュー小説賞に投稿した『絶対小説』にてリデビューを果たす。近著に『吾輩は歌って踊れる猫である』（講談社タイガ）がある。

神在月《かみありづき》のこども

四《しの》戸《へ》俊成《としなり》｜芹沢政信《せりざわまさのぶ》

講談社文庫
定価はカバーに
表示してあります

2021年8月12日第1刷発行

発行者――鈴木章一
発行所――株式会社　講談社
東京都文京区音羽2-12-21　〒112-8001
電話　出版（03）5395-3510
　　　販売（03）5395-5817
　　　業務（03）5395-3615

KODANSHA

デザイン―菊地信義
本文データ制作―講談社デジタル製作
印刷――中央精版印刷株式会社
製本――中央精版印刷株式会社

Printed in Japan

ISBN978-4-06-524595-8

講談社文庫刊行の辞

二十一世紀の到来を目睫に望みながら、われわれはいま、人類史上かつて例を見ない巨大な転換期をむかえようとしている。

世界も、日本も、激動の予兆に対する期待とおののきを内に蔵して、未知の時代に歩み入ろうとしている。このときにあたり、創業の人野間清治の「ナショナル・エデュケイター」への志を現代に甦らせようと意図して、われわれはここに古今の文芸作品はいうまでもなく、ひろく人文・社会・自然の諸科学から東西の名著を網羅する、新しい綜合文庫の発刊を決意した。

激動の転換期はまた断絶の時代である。われわれは戦後二十五年間の出版文化のありかたへの深い反省をこめて、この断絶の時代にあえて人間的な持続を求めようとする。いたずらに浮薄な商業主義のあだ花を追い求めることなく、長期にわたって良書に生命をあたえようとつとめるところにしか、今後の出版文化の真の繁栄はあり得ないと信じるからである。

同時にわれわれはこの綜合文庫の刊行を通じて、人文・社会・自然の諸科学が、結局人間の学にほかならないことを立証しようと願っている。かつて知識とは、「汝自身を知る」ことにつきていた。現代社会の瑣末な情報の氾濫のなかから、力強い知識の源泉を掘り起し、技術文明のただなかに、生きた人間の姿を復活させること。それこそわれわれの切なる希求である。

われわれは権威に盲従せず、俗流に媚びることなく、渾然一体となって日本の「草の根」をかたちづくる若く新しい世代の人々に、心をこめてこの新しい綜合文庫をおくり届けたい。それは知識の泉であるとともに感受性のふるさとであり、もっとも有機的に組織され、社会に開かれた万人のための大学をめざしている。大方の支援と協力を衷心より切望してやまない。

一九七一年七月

野間省一

講談社文庫 最新刊

内館牧子
すぐ死ぬんだから
年を取ったら中身より外見。終活なんてしない。人生一〇〇年時代の痛快「終活」小説!

堂場瞬一
チェンジ〈警視庁犯罪被害者支援課8〉
通り魔事件の現場で支援課・村野《むらの》が遭遇したのは。シーズン1感動の完結。〈文庫書下ろし〉

辻堂魁《かい》
落暉《ゆうひ》に燃ゆる〈大岡裁き再吟味〉
あの裁きは正しかったのか? 還暦を迎えた大岡越前、自ら裁いた過去の事件と対峙する。

有栖川有栖
カナダ金貨の謎
臨床犯罪学者・火村英生《ひむらひでお》が焙《あぶ》り出す完全犯罪計画と犯人の誤算。〈国名シリーズ〉第10弾。

佐々木裕一
宮中の誘い〈公家武者 信平《のぶひら》(十)〉
息子・信政《のぶまさ》が京都宮中へ!? 日本の中枢へと巻き込まれた信政は、とある禁中の秘密を知る。

荻上直子
川っぺりムコリッタ
ムコリッタ。この妙な名のアパートに暮らす、愛すべき落ちこぼれたちと僕は出会った。

四戸俊成
芹沢政信
神在月のこども
映画公開決定! 島根・出雲、この島国の根っこへと、自分を信じて駆ける少女の物語。

創刊50周年新装版

綾辻行人
黄昏の囁き〈新装改訂版〉
「……ね、遊んでよ」——謎の言葉とともに出没する殺人鬼の正体は? シリーズ第三弾。

真保裕一
連鎖〈新装版〉
汚染食品の横流し事件の解明に動く元食品Gメンに死の危険が迫る。江戸川乱歩賞受賞作。

薬丸岳
天使のナイフ〈新装版〉
妻を惨殺した「少年B」が殺された。江戸川乱歩賞の歴史上に燦然と輝く、衝撃の受賞作!

幸田文
台所のおと〈新装版〉
病床から台所に耳を澄ますうち、佐吉は妻の音の変化に気づく。表題作含む10編を収録。

講談社文庫　目録

芥川龍之介　藪の中
有吉佐和子　新装版 和宮様御留
阿刀田　高　ナポレオン狂
阿刀田　高　新装版 ブラック・ジョーク大全
相沢忠洋　「岩宿」の発見〈幻の旧石器を求めて〉
鮎川哲也　りら荘事件
赤川次郎　偶像崇拝殺人事件
赤川次郎　人間消失殺人事件
赤川次郎　三姉妹探偵団
赤川次郎　三姉妹探偵団2〈キャンパス篇〉
赤川次郎　三姉妹探偵団3〈珠美・初恋篇〉
赤川次郎　三姉妹探偵団4〈怪奇篇〉
赤川次郎　三姉妹探偵団5〈復讐篇〉
赤川次郎　三姉妹探偵団6〈危機一髪篇〉
赤川次郎　三姉妹探偵団7〈駈け落ち篇〉
赤川次郎　三姉妹探偵団8〈人質篇〉
赤川次郎　三姉妹探偵団9〈青ひげ篇〉
赤川次郎　三姉妹探偵団10〈父恋し篇〉
赤川次郎　死が小径をやってくる〈三姉妹探偵団11〉
赤川次郎　死神のお気に入り〈三姉妹探偵団12〉
赤川次郎　次女と野獣〈三姉妹探偵団13〉
赤川次郎　心地よい悪夢〈三姉妹探偵団14〉
赤川次郎　ふるえて眠れ、三姉妹〈三姉妹探偵団15〉
赤川次郎　三姉妹、呪いの道行〈三姉妹探偵団16〉
赤川次郎　三姉妹、初めてのおつかい〈三姉妹探偵団17〉
赤川次郎　恋の花咲く三姉妹〈三姉妹探偵団18〉
赤川次郎　月もおぼろに三姉妹〈三姉妹探偵団19〉
赤川次郎　三姉妹、ふしぎな旅日記〈三姉妹探偵団20〉
赤川次郎　三姉妹、清く貧しく美しく〈三姉妹探偵団21〉
赤川次郎　三姉妹と忘れじの面影〈三姉妹探偵団22〉
赤川次郎　三姉妹、舞踏会への招待〈三姉妹探偵団23〉
赤川次郎　三人姉妹殺人事件〈三姉妹探偵団24〉
赤川次郎　三姉妹、さびしい入江の歌〈三姉妹探偵団25〉
赤川次郎　静かな町の夕暮に
赤川次郎　キネマの天使〈レンズの奥の殺人者〉
泡坂妻夫　花火と銃声
新井素子　グリーン・レクイエム〈新装版〉
安能務 訳　封神演義 全三冊
安西水丸　東京美女散歩
綾辻行人　黄昏の囁き
綾辻行人　殺人方程式〈切断された死体の問題〉
綾辻行人　鳴風荘事件 殺人方程式II
綾辻行人　十角館の殺人〈新装改訂版〉
綾辻行人　水車館の殺人〈新装改訂版〉
綾辻行人　迷路館の殺人〈新装改訂版〉
綾辻行人　人形館の殺人〈新装改訂版〉
綾辻行人　時計館の殺人〈新装改訂版〉
綾辻行人　黒猫館の殺人〈新装改訂版〉
綾辻行人　暗黒館の殺人 全四冊
綾辻行人　びっくり館の殺人
綾辻行人　奇面館の殺人(上)(下)
綾辻行人　どんどん橋、落ちた〈新装改訂版〉
綾辻行人　緋色の囁き〈新装改訂版〉
綾辻行人　暗闇の囁き〈新装改訂版〉
綾辻行人ほか　7人の名探偵
我孫子武丸　探偵映画
我孫子武丸　新装版 8の殺人

あさのあつこ　NO.6〔ナンバーシックス〕#9
あさのあつこ　NO.6beyond〔ナンバーシックス・ビヨンド〕
あさのあつこ　待　っ　て　る〈橘屋草子〉
あさのあつこ　さいとう市立さいとう高校野球部（上）（下）
あさのあつこ　甲子園でエースしちゃいました〈さいとう市立さいとう高校野球部〉
あさのあつこ　お　れ　が　先　輩？〈さいとう市立さいとう高校野球部〉
阿部夏丸　泣けない魚たち
朝倉かすみ　肝、焼　け　る
朝倉かすみ　好かれようとしない
朝倉かすみ　ともしびマーケット
朝倉かすみ　感　応　連　鎖
朝倉かすみ　たそがれどきに見つけたもの
朝比奈あすか　憂鬱なハスビーン
朝比奈あすか　あの子が欲しい
天野作市　気　高　き　昼　寝
天野作市　みんなの旅行
青柳碧人　浜村渚の計算ノート
青柳碧人　浜村渚の計算ノート　2さつめ〈ふしぎの国の期末テスト〉
青柳碧人　浜村渚の計算ノート　3さつめ〈水色コンパスと恋する幾何学〉
青柳碧人　浜村渚の計算ノート　3と1/2さつめ〈ふえるま島の最終定理〉
青柳碧人　浜村渚の計算ノート　4さつめ〈方程式は歌声に乗って〉
青柳碧人　浜村渚の計算ノート　5さつめ〈鳴くよウグイス、平面上〉
青柳碧人　浜村渚の計算ノート　6さつめ〈パピルスよ、永遠に〉
青柳碧人　浜村渚の計算ノート　7さつめ〈悪魔とポタージュスープ〉
青柳碧人　浜村渚の計算ノート　8さつめ〈虚数じかけの夏みかん〉
青柳碧人　浜村渚の計算ノート　8と2分の1さつめ〈つるかめ家の一族〉
青柳碧人　浜村渚の計算ノート　9さつめ〈恋人たちの必勝法《マーチンゲール》〉
青柳碧人　霊視刑事夕雨子《ゆうこ》1〈誰かがそこにいる〉
青柳碧人　霊視刑事夕雨子2〈雨空の鎮魂歌《レクイエム》〉
朝井まかて　花《はな》　競《くら》　べ〈向嶋なずな屋繁盛記〉
朝井まかて　ち ゃ ん ち ゃ ら
朝井まかて　す　か　た　ん
朝井まかて　ぬ け ま い る
朝井まかて　恋　　　歌
朝井まかて　阿《お》蘭《らん》陀《だ》西《さい》鶴《かく》
朝井まかて　藪医《やぶい》　ふらここ堂
朝井まかて　福　　　袋
歩《あゆみ》　りえこ　ブラを捨て旅に出よう〈貧乏乙女の〝世界一周〟旅行記〉
安藤祐介　営業零課《ぜろか》接待班
安藤祐介　被取締役《とりしまられやく》新入社員〈大翔製菓広報宣伝部〉
安藤祐介　お　い！　山　田
安藤祐介　宝くじが当たったら
安藤祐介　一〇〇〇ヘクトパスカル
安藤祐介　テノヒラ幕府株式会社
安藤祐介　本のエンドロール
青木　理　絞　首　刑
麻見和史　石　の　繭〈警視庁殺人分析班〉
麻見和史　蟻《あり》の階段〈警視庁殺人分析班〉
麻見和史　水晶の鼓動〈警視庁殺人分析班〉
麻見和史　虚空の糸〈警視庁殺人分析班〉
麻見和史　聖者の凶数〈警視庁殺人分析班〉
麻見和史　女神の骨格〈警視庁殺人分析班〉
麻見和史　蝶の力学〈警視庁殺人分析班〉
麻見和史　雨色の仔羊〈警視庁殺人分析班〉
麻見和史　奈落の偶像〈警視庁殺人分析班〉
麻見和史　鷹《たか》の砦《とりで》〈警視庁殺人分析班〉
麻見和史　凪《なぎ》の残響〈警視庁殺人分析班〉

麻見和史　深紅の断片〈警防課救命チーム〉
有川　浩　三匹のおっさん
有川　浩　三匹のおっさん　ふたたび
有川　浩　ヒア・カムズ・ザ・サン
有川　浩　旅猫リポート
有川ひろ　アンマーとぼくら
有川ひろほか《ほか》　ニャンニャンにゃんそろじー
荒崎一海　門前仲町〈九頭竜覚山　浮世綴㈠〉
荒崎一海　蓬萊橋雨景〈九頭竜覚山　浮世綴㈡〉
荒崎一海　寺町哀感〈九頭竜覚山　浮世綴㈢〉
荒崎一海　小《お》名《な》木《き》川《がわ》〈九頭竜覚山　浮世綴㈣〉
荒崎一海　一色町雪花〈九頭竜覚山　浮世綴㈤〉
朱野帰《かえ》子《こ》　駅物語
朱野帰子　対岸の家事
東　浩紀　一般意志2・0〈ルソー、フロイト、グーグル〉
朝倉宏景　白球アフロ
朝倉宏景　野球部ひとり
朝倉宏景　つよく結べ、ポニーテール
朝井リョウ　スペードの3
朝井リョウ　世にも奇妙な君物語
有沢ゆう希　末次由紀　原作　〈小説〉ちはやふる　上の句
有沢ゆう希　末次由紀　原作　〈小説〉ちはやふる　下の句
有沢ゆう希　末次由紀　原作　〈小説〉ちはやふる　結び
有沢ゆう希　ろびこ　原作　となりの怪物くん
有沢ゆう希　小説　パーフェクトワールド〈君といる奇跡〉
有沢ゆう希　原作：金田一蓮十郎　脚本：徳永友一　小説　ライアー×ライアー
蒼井凜花　女唇《ルージュ》の伝言
秋川滝美　幸《こう》腹《ふく》な百貨店
秋川滝美　幸腹な百貨店〈デパ地下おにぎり騒動〉
秋川滝美　幸腹な百貨店〈催事場で蕎麦屋呑み〉
秋川滝美　マチのお気楽料理教室
東　芙美子　原作　雲田はるこ　脚本　羽原大介　小説　昭和元禄落語心中
赤神　諒　神遊の城
赤神　諒　大友二階崩れ
赤神　諒　大友落月記
赤神　諒　酔象の流儀　朝倉盛衰記
彩瀬まる　やがて海へと届く
浅生　鴨　伴走者
天野純希　有楽斎の戦
青木祐子　コーチ！〈はげまし屋・立花ことりのクライアントファイル〉
五木寛之　ソフィアの秋
五木寛之　狼のブルース
五木寛之　海峡物語
五木寛之　風花のひと
五木寛之　鳥の歌(上)(下)
五木寛之　燃える秋
五木寛之　真夜中の望遠鏡〈流されゆく日々'78〉
五木寛之　ナホトカ青春航路〈流されゆく日々'79〉
五木寛之　旅の幻燈
五木寛之　他力
五木寛之　こころの天気図
五木寛之　新装版　恋歌
五木寛之　百寺巡礼　第一巻　奈良
五木寛之　百寺巡礼　第二巻　北陸
五木寛之　百寺巡礼　第三巻　京都I
五木寛之　百寺巡礼　第四巻　滋賀・東海
五木寛之　百寺巡礼　第五巻　関東・信州

講談社文庫　目録

講談社文庫　目録

内田康夫　終幕《フィナーレ》のない殺人
内田康夫　御堂筋殺人事件
内田康夫　記憶の中の殺人
内田康夫　北国街道殺人事件
内田康夫　「紅藍《くれない》の女《ひと》」殺人事件
内田康夫　「紫《むらさき》の女《ひと》」殺人事件
内田康夫　藍色回廊殺人事件
内田康夫　明日香の皇子
内田康夫　華の下にて
内田康夫　博多殺人事件
内田康夫　黄金の石橋
内田康夫　金沢殺人事件
内田康夫　朝日殺人事件
内田康夫　湯布院殺人事件
内田康夫　釧路湿原殺人事件
内田康夫　貴賓室の怪人〈「飛鳥」編〉
内田康夫　イタリア幻想曲 貴賓室の怪人2
内田康夫　靖国への帰還
内田康夫　若狭殺人事件
内田康夫　化生の海
内田康夫　不等辺三角形
内田康夫　ぼくが探偵だった夏
内田康夫　怪談の道
内田康夫　逃げろ光彦〈内田康夫と5人の女たち〉
内田康夫　皇女の霊柩
内田康夫　悪魔の種子
内田康夫　戸隠伝説殺人事件
内田康夫　歌わない笛
内田康夫　新装版 死者の木霊
内田康夫　新装版 漂泊の楽人
内田康夫　新装版 平城山《ならやま》を越えた女
内田康夫　秋田殺人事件
内田康夫　孤道
和久井清水　孤道 完結編〈金色の眠り〉
歌野晶午　死体を買う男
歌野晶午　安達ヶ原の鬼密室
歌野晶午　新装版 長い家の殺人
歌野晶午　新装版 白い家の殺人
歌野晶午　新装版 動く家の殺人
歌野晶午　密室殺人ゲーム王手飛車取り
歌野晶午　新装版 ROMMY 越境者の夢
歌野晶午　増補版 放浪探偵と七つの殺人
歌野晶午　新装版 正月十一日、鏡殺し
歌野晶午　密室殺人ゲーム2.0
歌野晶午　密室殺人ゲーム・マニアックス
歌野晶午　魔王城殺人事件
内館牧子　終わった人
内館牧子　別れてよかった〈新装版〉
内田洋子　皿の中に、イタリア
宇江佐真理　泣きの銀次
宇江佐真理　晩鐘〈続・泣きの銀次〉
宇江佐真理　虚ろ舟〈泣きの銀次参之章〉
宇江佐真理　室の梅〈おろく医者覚え帖〉
宇江佐真理　涙堂〈琴女《ことじょ》癸酉日記《きゆうにっき》〉
宇江佐真理　あやめ横丁の人々
宇江佐真理　卵のふわふわ 八丁堀喰い物草紙・江戸前でもなし
宇江佐真理　日本橋本石町やさぐれ長屋

講談社文庫　目録

講談社文庫　目録

大沢在昌　不思議の国のアルバイト探偵《アイ》
大沢在昌　拷問遊園地 アルバイト探偵《アイ》
大沢在昌　帰ってきたアルバイト探偵《アイ》
大沢在昌　雪蛍
大沢在昌　ザ・ジョーカー
大沢在昌　亡命者〈ザ・ジョーカー〉
大沢在昌　夢の島
大沢在昌　新装版 氷の森
大沢在昌　暗黒旅人
大沢在昌　新装版 走らなあかん、夜明けまで
大沢在昌　新装版 涙はふくな、凍るまで
大沢在昌　語りつづけろ、届くまで
大沢在昌　罪深き海辺(上)(下)
大沢在昌　やぶへび
大沢在昌　海と月の迷路(上)(下)
大沢在昌　鏡の顔〈傑作ハードボイルド小説集〉
大沢在昌　覆面作家
大沢在昌／藤田宜永／堂場瞬一／井上夢人／今野敏／月村了衛／東山彰良　激動 東京五輪1964
逢坂剛　十字路に立つ女

逢坂剛　重《じゅう》蔵《ぞう》始《し》末《まつ》
逢坂剛　じぶくり伝兵衛〈重蔵始末(二)〉
逢坂剛　猿曳遁兵衛〈重蔵始末(三)〉
逢坂剛　嫁盗み〈重蔵始末(四)長崎篇〉
逢坂剛　陰の声〈重蔵始末(五)長崎篇〉
逢坂剛　北門の狼〈重蔵始末(六)蝦夷篇〉
逢坂剛　逆浪《げきろう》果つるところ〈重蔵始末(七)蝦夷篇〉
逢坂剛　奔流恐るるにたらず〈重蔵始末(八)完結篇〉
逢坂剛　新装版 カディスの赤い星(上)(下)
逢坂剛　さらばスペインの日日(上)(下)
オノ・ヨーコ　飯村隆彦編　ただの私《あたし》
オノ・ヨーコ　南風椎訳　グレープフルーツ・ジュース
折原一　倒錯の死角〈201号室の女〉
折原一　倒錯の帰結
折原一　倒錯のロンド〈完成版〉
小川洋子　ブラフマンの埋葬
小川洋子　最果てアーケード
小川洋子　琥珀のまたたき
小川洋子　密やかな結晶〈新装版〉

乙川優三郎　霧の橋
乙川優三郎　喜知次
乙川優三郎　蔓の端々
乙川優三郎　夜の小紋
恩田陸　三月は深き紅の淵を
恩田陸　麦の海に沈む果実
恩田陸　黒と茶の幻想(上)(下)
恩田陸　黄昏の百合の骨
恩田陸　『恐怖の報酬』日記〈酩酊混乱紀行〉
恩田陸　きのうの世界(上)(下)
恩田陸　七月に流れる花／八月は冷たい城
奥田英朗　新装版 ウランバーナの森
奥田英朗　最悪
奥田英朗　マドンナ
奥田英朗　ガール
奥田英朗　サウスバウンド
奥田英朗　オリンピックの身代金(上)(下)
奥田英朗　ヴァラエティ
奥田英朗　邪魔(上)(下)〈新装版〉

2021年6月15日現在